20代で隠居　週休5日の快適生活

大原扁理 著

K&B PUBLISHERS

能書き

私は東京郊外の小さなアパートで地味にひっそりと隠居暮らしをしています。

隠居と聞いて、みなさんはどんな生活を想像されますか。

「定年退職して悠々自適の年金暮らし。趣味に余生を費やし、退職金でたまに夫婦で海外旅行」といったイメージでしょうか。

起きたいときに起きて、食べたいときに食べ、お茶を飲みながら今日は何をしようかと心を膨らませる。

何にも左右されない、どこまでも自由な生活。

老人ということだけを除けば、私の毎日も、だいたいそんな感じです。

たいした用でもないのに誰かが電話をかけてきたり突然訪ねてきたりすると露骨にイヤそうな対応をします。

ですので友達はあんまりいませんが、ほとんど好きなことだけをして、数は少ないけれど好きな人や好きなモノだけに囲まれて楽しく暮らしています。

さしあたり、そういう生き方も、やろうと思えばできるんだなあ、と思って日々楽しんでいます。

ところで私は、どこにでもいるフツーの人と同じで、ITや株などの特殊能力も持ち合わせていないし、宝くじが当たったこともないし、親の遺産もありません。不労所得はゼロです。

それでも隠居できちゃったんですから、自分が一番びっくりしています。

ほとんどお断りしてますけど、たまに人に会う機会があったりして、「何してるんですか?」とか聞かれるとすご〜く困る。

正直、仕事は暇つぶし程度にちょびっとだけしていますが、職業と呼べるほどコミットして働いているわけでもないですし……。

「週休5日みたいな感じなので、わりと遊んで暮らしています」とか、「とくに言うほどのことは何もしてません」などと気分で答えたりするので、聞くたびに答えが変わっている……ということになり、結局、「何してるか得体の知れない人」という印象を与えてしまうようです。

私としては、嘘をついているつもりはないのですが。

そのときの反応は十人十色です。

何かを察知してそれ以上触れず、話題を変えてくれる上品な人、さりげなくもっと突っ込んでくる下品な人、見下すような目つきをする人など、いろいろいます。

ちなみにそんな人間がいたら、私だったら絶対にぶっ込んで根掘り葉掘り聞きただしますね。察するにすごくまじめな人、もしくは現状に不満がある人だと思うのですが、「お前みたいなのがいるから国力が衰退するんだよ」といった内容のことを、キレ気味に言われることもあります。

べつに気にしません。

嘘です。

ちょっと傷つきます。

怒られると怖いので、そういう人からは速やかに離れて一定の距離以上近づかないようにします。

どんな状況でも、自分のことを一言で表す言葉がないものか、と探しあぐねていたのです

が、あるとき出まかせに「隠居です」と言ってみました。

これが実に、瓢箪から駒といいますか、口から隠居といいますか。言ってみたら「おお、そうか、私は隠居だったのか」と、ハタと膝を打ったわけです。

この本では、時代に乗り遅れまくった私が、せちがらい世の中でいかにして隠居という生活スタイルにたどり着き、楽しく毎日を生き延びる方法を見つけてきたか、自らの体験をもとにお話していきたいと思います。

何かの役に立つかどうかは、さっぱりわかりませんが、どうぞ最後まで、お気軽にお付き合いくださいませ。

金はないが、
湯水のように
　　　　ぜんぶヒマ
木　　　　　　日
　月火　金土
　　時間がある

目次

能書き　3

隠居って、こんな感じ

一日のようす ……………………………… 14
隠居って何? …………………………… 26
1ヶ月の生活費は7万円台 …………… 32
自分を使えば、お金は使わなくてOK … 38
隠居流趣味の見つけ方 ………………… 64
気楽なお付き合い〜ファッション編 … 70
気楽なお付き合い〜人間関係編 ……… 73
前世はお坊さん!? ……………………… 75

隠居食のこと

忙しいとないがしろになるもの ……………………………… 82
ヒマになると、食に興味がわく ……………………………… 85
粗食は意外にラクだった ……………………………………… 87
粗食のいいとこわるいとこ …………………………………… 92
健康が一番の節約 ……………………………………………… 102
おいしい野草生活 ……………………………………………… 104
ある週の献立 …………………………………………………… 122

隠居に至るまで

3年間ひきこもってみて感じたこと……128
口が退化しはじめる……137
ハタチ過ぎたら人生引き算……140
旅とひきこもりの共通点とは……143
とくに目的もなく上京……146
隠居への手探り……153
隠居を決意させたもの……158
晴れて20代で隠居になりました……161

隠居あれこれ

- 何でお金がないと生きていけないの？………………………166
- ホームレスに会いに行ってみた………………………169
- 生活レベルをぐんぐん落とす………………………175
- 週2日だけ働けば、生活には困らない………………………184
- 隠居とフリーターは何が違うのか………………………191
- 虎の子貯金は必要です………………………197
- 隠居はタカらない………………………199
- 次世代型の隠居………………………200
- 隠居のひとりごと………………………202

あとがき　206

装丁　山田尚志

隠居って、こんな感じ

一日のようす

とにもかくにも、私が本当に何をして暮らしているのか、まずはじめに平均的な一日をご紹介したいと思います。

　　起床

何も用事がなくてもだいたい6時か7時には起きるようにしています。何時でも起きられる自由な環境にいるのに、早起きを心がけているというのは意外かもしれません。

これは、緊張感を失わずにいたい、ということの表れです。たるんだ生活をしていると、たるんだ雰囲気が漂いますから。メリハリは自分でつけないと、誰も代わりにやってくれません。歯が浮くみたいであれですが、美意識といってもいいかもしれません。

隠居って、こんな感じ

朝起きるとまず、冷たい水で顔を洗い、両頬をバシバシ叩きます。

そして、どんなに寒くても天気が悪くても、1分でもいいから窓を開けて空気を入れ換えます。

部屋の空気が外気に馴染むと、部屋全体がシャッキリしてきます。これをやらないと朝が始まりません。

晴れていればゴミを出しがてら、しばらく朝日を浴びます。

朝日を浴びると、セロトニンという物質が体内に生成されます。

そう、数年前から何かと注目されるようになった話題のハッピーホルモンです。

これは自律神経を整え、心身の安らぎを助ける働きがあるそうで、夜になるとメラトニンという睡眠ホルモンに変わり、睡眠導入剤のような働きをしてくれます。

セロトニンが不足すると、うつ病や不眠症になりやすくなるそうです。

私が夜眠れないことがほとんどないのも、この朝の習慣が一役買っているかもしれませんね。

冬はラジオで朝のニュースや天気予報を聴きながら足湯をすることもあります。

15

それから、6時半のNHKラジオ体操に合わせて体を動かします。

なぜラジオ体操を日課にしているかというと、全身の筋肉がまんべんなく動かせて気持ちが良いのと、その日の体調がここでわかるからです。

私の場合、かがんだときに頭が重かったりすると、風邪のサインです。そんなときは、ただちに足湯に浸かり、はちみつしょうが湯を飲んでひきこもります。

たまに寝過ごしてしまい、ラジオ体操に間に合わないときもありますが、そんなときはYouTubeでラジオ体操の動画を流しながらやります。

朝食

たいていごはんとおみそ汁、そしてお漬物。

お漬物は、オールタイムフェイバリットはたくあんですが、季節の野菜を自分で漬けることもあります。

だいたい塩でもんで、一晩置いとくだけの一番ベーシックな浅漬け。これだけで漬かるんだから、浅漬けの素なんて買わなくても大丈夫です。

ごはんの気分じゃないときは、全粒粉の8枚切り食パンを1〜2枚。

16

気分でバターかジャムか、ピーナッツバターなどを選ぶ。

気が向けばスコーンを自分で焼いて、紅茶と一緒にいただくことも。

お米は前の日の晩から水に浸けてふっくらと吸わせておき、3日分ぐらいを一気に炊きます。

だいたい玄米ですが、気分や体調に合わせて白米を混ぜたりもします。風邪のときや暑い盛りは、喉を通りやすい白米のほうが多いです。

ここで、最高にめんどうくさい気分のときのウラ技を勝手に紹介します！

ジャガイモとかサツマイモを皮ごとさいの目に切って、お米と一緒に炊いてしまうのです。

こうしておくと、そのまま食べてもいいし、あとはフライパンで溶き卵などを加えて炒めるだけでものぐさチャーハンのできあがり！

おみそ汁のだしも、昆布をほそーくハサミで切って、一晩浸けておくだけの、水出しです。

昆布は切った断面からうまみが出るそうなので、これがとても理にかなった方法なのです。

取り出すのもめんどうくさいし、昆布はそのまま具にしてしまいます。

火にかけてふつふつしてきたら、絹ごし豆腐をまるごとぶっ込み、鍋の中で箸で切ったりとかもします。

毎日やらなきゃならないのですから、できるだけ手間をかけない。心を込めない。こういうのは、とことん手抜きしたほうがいいのです。

私は炊飯器を持っていないため、普通の手鍋でごはんを炊いてしまいます。我が家のキッチンはIHクッキングヒーターではない、旧式の電気コンロですから、コツを覚えるのにかなり時間がかかりました。弱火にしてもすぐには温度が下がらないので、うっかりすると吹きこぼれてしまうのです。今では沸騰したらすぐにスイッチを切り、余熱で料理をすることも覚えました。

朝食を作るこの30分足らずのゆるやかな時間の流れがなんともいえず好きです。窓から朝日が差し込み、床に広がるのをよく眺めています。

朝の自由時間

歯を磨いたあとは朝の自由時間です。
わーい何しよっかな〜。

といっても、ローテーションはだいたい決まっています。

日々のローテーションをなんとなくでも作っておくと、次に何をするべきかいちいち迷わなくていいのでとてもラクです。

ここではパソコンでメールチェック、日記を書く、掃除洗濯、読書など。

掃除は気が向いたときにやります。毎日はしませんが、病気にならない程度にする。

洗濯は好きなので週に2〜3回。あとは気の向くまま、風の向くまま。

何をするにしても、「世間の人たちは今、満員電車に押しつぶされながら通勤しているのか……」とか考えると、なんの変哲もないようなフツーの朝が、隠居にとっては禁断の果実の味になってくるのです。

私もときどき、朝の通勤ラッシュの時間に所用で電車に乗ることがあります。

駅のホームで電車を待つパリっとしたスーツや、クタっとしたスーツなど、人間の使用前使用後の標本みたいな光景を見ていると、自分にもあったかもしれない人生」のことを想像してみたりもします。

でも乗車して、立錐の余地もない車内で、背後からオッサンの鼻息が首筋にかかったりすると、妄想たちまち雲散霧消。

やっぱり絶対隠居のほうがいいや、と気を持ち直すのです。

昼食

おそばやうどんなど、簡単な麺類をちゃっちゃと作って食べることが多いです。どかどか具を入れるのはあまり好きではないので、シンプルに冬はかけ、夏は冷たい盛りにします。ネギか胡麻を少しちらすか、冬ならしょうがやにんじんなどの根菜を、すりおろして常備しておくと、いつでもすぐに使えて便利です。

あまり入れすぎると味がわからなくなるのがイヤなので、おそば一杯につき入れる野菜はひとつかふたつにしています。

お肉の類は入れません。お肉なんて使ったら、まな板が汚れるし、後片付けがめんどうくさいったらありゃしない。めんどうくさいものは外で食べます。

ちなみにおそばやお米、味噌などはなるべく国産のものを買うようにしています。高いけれど、ささやかながら食糧自給率アップに貢献させていただいております。

あとはポッドキャストなどで好きなラジオ番組を聴きながら作る、食べる、後片付けをす

る、というのがマイルール。

テレビの場合は、なぜか漫然と見入ってしまい、気づけば時間が無駄に過ぎている……ということが多いのですが、ラジオはそういうことがありません。

ラジオのいいところは、何か別のことをしながら聴けるところです。作業がはかどる！

午後の自由時間

午後の自由時間は、散歩がてら買い物に行ったり、近所の公園で日光浴をしたり、野草を摘みに行ったり。お気に入りの店なども気が向けば訪ねます。

歩くのが好きなので、毎日1時間以上は歩きます。

これもiPodに入れたポッドキャスト放送を聴きながら。

私は不動産が好きなので、散歩がてら近所の物件をガン見します。

近所にある、古い家屋やアパートを見ていると、入口のポストは緑のテープで塞がれ、雨戸は閉ざされ、かなり空室率が高いように見えます。

このボロアパートに引っ越したら、今より家賃がいくら下がるかな〜。そしたらもっと働

かなくてもよくなるな〜。とか考えながら歩くのが楽しいです。建設バブルと見まごうような華々しいマンション広告と、寒々しい実際とのギャップがかなりあったりして、住宅事情ひとつとっても、散歩しているとおもしろい発見があります。

自分を見失いそうになったときも、散歩がいいようです。情報の氾濫している駅前などの場所は避け、川とか公園とか、自然の多いところに行くのがポイント。

私は空や木や水など、自然のものをひたすら眺めることにしています。そのうちに、宇宙的視点というか、20万年ぐらいのスパンで出来事をうまく眺められるようになると、だいたいのことは宇宙の塵みたいなもんでどうでもいい、と思えることが多いです。

図書館や郵便局などの事務的なこともすべてこの時間に済ませてしまいます。

雨の日は一日中じっと家で本を読んでいることも。雨の音は好きだけど、濡れるのは嫌いです。雨が降ったら、友達との約束も、前向きにキャンセルの方向で検討しますね。

22

そういえば先日、ぐうぜん久しぶりに機関車トーマスを観ました。

この話の主人公はヘンリーという緑の機関車。奇しくも私扁理（ヘンリ）と同じ名前のキャラクターです。

『でてこいヘンリー』というお話。

なんとコイツは、雨が降ると自慢の車体が濡れるのがイヤで、トンネルにひきこもって出てこなくなるのです。汽車なのに。

みんなに「おーいヘンリー、出てきてくれー」と懇願されてもガン無視。

その結果、自慢の車体がトンネルにたちこめた煙の煤でどんどん汚れてしまうのですが、その頃にはヘンリーも意地になっているので出るに出られません。

で、そろそろつらくなってきた頃に、トンネルのすぐそばで仲間の機関車が運良く故障！

それを見たヘンリーは、「ま、ほんとは出たくねーけどぉ、困ってる人がいるならしょーがねーよなぁ」とばかりにデカイ顔してトンネルから出てきて、代わりに客車を引っぱってあげてみんなから褒められて、めでたしめでたし、という話でした。

姓名判断とかってよくわかりませんけど、名前が同じだと、キャラもかぶったりするんでしょうか……。

何かの教訓が読み取れそうな気がしなくもないですが、さしあたっては気がつかないフリをしたいと思います。

夕食

何も予定がなければ、夕方5時くらいには食べてしまいます。

そうすると、翌朝お腹がすいて勝手に目が覚めます。このときの目覚めの気持ち良さったらありません。

胃は夜遅い時間は活動を停止するそうで、夕食があまり遅いと翌朝まで消化されずに胃に残り、これが体に負担をかけるのだとか。

たしかに寝る前に食べると胃がしんどいけど、夕食を早めに済ませておくとお腹がラクです。

断食が健康に良いという話を聞きますが、そういえば英語の breakfast の fast は断食という意味ですよね。断食を破る、と書いて朝食。

夜の間はしっかり断食、胃を休ませるというのは先人たちの知恵なのかもしれません。

夜のメニューはだいたい、チャーハンとか焼きおにぎり、トマトソースのスパゲティなど簡単なものを一品だけ。もちろん自分で作ります。

夜の自由時間

お風呂に入る、ミルク多めの紅茶を飲みながら読書、無料動画サイトやDVDで映画鑑賞、メールチェックなど。

ラジオを聴きながら食器を洗い、ヨガなどの軽い運動をしたらもう就寝の時間。基本的に早寝早起きです。

このように、もう習慣になっているので、だいたい同じような毎日を過ごしています。しなくてはいけないことが何もないので、その日の気分で順番やローテーションは微妙に変わります。

とはいえ、限りある人生、時間は有効に使いたい。私はつねに2つのことを同時にするように心がけています。

たとえばうんこするときは必ず同時に歯を磨くとか、その程度ですが。

そのうちに、なんにもしたくなくなったら気分転換と思ってひたすら寝たり、ぼーっとします。
内容が変わっても共通しているのは、気の向くままに生きていること、したくないと思ったらしないこと、それぐらいでしょうか。
よく飽きないね、という声が聞こえてきそうですが、これが不思議なことに全然飽きません。
隠居生活を始めたのは、のどかな東京武蔵野の郊外に越してきてからですから、もう5年目に突入しました。
1月も半ばになり、近所の梅の花がほころび始めたり、暖かい日にはガラス窓越しの陽だまりにかげろうがたちのぼったりして、暦をめくるよりも先に季節を知ることができると、とても満ち足りた気分になる。
時間があっという間に過ぎていきます。

隠居って何？

そもそも、「隠居」とはどのように定義されているのでしょうか。

26

隠居って、こんな感じ

広辞苑を引いてみると、5つの「いんきょ」が出てきます。画数順に掲載されているようで、「允許」「引拠」「殷墟」「陰虚」と続いて、最後にようやく「隠居」。

位置づけ的にもかなり引っ込んでいて正しい気がしますね。

以下、隠居の定義を「引拠」してみると……。

① 世事を捨てて閑居すること。致仕。職をやめるなど世間から身を引いて気ままに暮らすこと。

② 家長が官職を辞しまたはその家督を譲って引退すること。また、その人、その住居。戸主が自己の自由意志によってその家督相続人に家督を継承させて戸主権を放棄することで、中世の武家法以来の伝統的な法制であるが、1947年廃止。

③ 江戸時代の公家・武家の刑の一種。地位を退かせて家禄をその子孫に譲らせること。

④ 江戸小伝馬町の牢内で囚人の顔役の称。

⑤ 当主の現存の親の称。または、老人の称。

③と④は江戸時代における刑罰や役柄の呼称で、②の制度は1947年ですから昭和22年に廃止されています。

江戸時代ならまだしも、戦後間もない頃まで制度としての隠居があったとは驚きです。

⑤については、父母や祖父母のことを「うちのご隠居がね〜」などと話しているのは聞いたことがありません。

あっても私には子どももいませんし、老齢でもないのでこの隠居には裸で逆立ちして踊り狂ってもなれません。

現時点で実現可能な隠居はどうやら①のみ、ということになりそうです。

これは高齢と限ってもいないし、その理由も「職をやめるなど」と選択の幅、隠居の間口の広さが感じられる表現で、こんな私でも隠居になれるかも！と夢が広がります。

いずれにしても、「○○しなくてはならない」というような制度ではなく、あくまで自発的に、「世間から身を引いて」いること、そして「気ままに暮らす」という部分に、好きなことをして生きるという、ぼんやりした隠居の生活スタイルが垣間見えます。

実は私が自分のことを隠居やん、と感じた根拠もここにありました。

話は変わりますが私はラジオ深夜便のヘビーリスナーです。眠れない夜のお供にはぴったりの、NHKのラジオ番組です。

放送自体は午後11時20分から明け方5時までですが、今はインターネットでコーナー別にオンデマンド放送もしていますし、いつでもどこでも聴けるのが魅力です。

アンカー（いわゆるパーソナリティー）やゲストの語り口も、昨今のテレビ番組のようにギャンギャンと感情的に叫ぶように話すのではなく、低く落ち着いていて耳に心地よく、安心できます。

私のお気に入りは、コラムニストの天野祐吉さんによる「隠居大学」という名物コーナーでした。

天野さんが毎月一度、各界の著名人を招いて公開座談会をする、という趣旨の番組です。

このなかで、天野さんはこう言っています。

人生を楽しむのが隠居の極意。
その昔、江戸時代には隠居はあそびの達人であり、若い人たちの憧れであった。

隠居ってこんな感じ？　というぼんやりしたイメージを、いみじくも言い表しているように思います。

人生を楽しむこと。

これだけが隠居の一本柱であるならば、さらにハードルが下がりそうです。

ちなみに、2013年10月に惜しくも天野さんが亡くなられたため、『隠居大学』は現在は放送されていません。

享年80歳ということでしたが、もう80年ぐらい長生きして番組を続けてほしかった。非常に残念です。

余談ですが私はテレビを持っていないし、観ることもほとんどありません。

とくに民放の番組を観ると、「物騒でしょう？」「治安悪いでしょう？」「笑えるでしょう？」「泣けるでしょう？」といった感想まで押し付けられているようでなんだか疲れてしまい、だんだん観なくなってしまいました。

もちろんテレビの全番組を否定しているわけではなく、好きな番組もあります。

たとえば土曜の夜9時から放送しているTBSの長寿番組『世界ふしぎ発見！』などはとてもおもしろく、実家暮らしのときはよく観ていました。

が、数少ない好きな番組のためにテレビを買うのもどうかと思いますし……。
ということで、私がテレビから遠ざかってかれこれ10年以上になります。
テレビがなくて困ったことは、今まで一度もありません。

現在の情報源は何かというと主にNHKのラジオです。
このNHKラジオが、あったことをただ淡々と伝えるだけで、私にはとても優良な放送をしているように思えます。
情報が、ザ・客観的！
それで、言うことだけ言ったら、「答えはあなたが勝手に考えてください」とばかりに終わります。

これですよ。
人の頭の中にまで土足でずかずか入ってこない、この感じ。
入っても玄関まで、という昔気質の人みたいで、とても好感が持てます。
しかも、2014年の時点で、ラジオだけの視聴者にはNHK受信料はかからない、と放送受信契約で決まっているのです。
そんな低所得者層に優しいところも気に入っています。

受信料の未払いが社会問題になっている昨今、ラジオのみの視聴者にまで受信料の請求が及ばないことを願わずにはいられません。

というわけで私はこれからも契約を遵守し、さしあたっては受信料を払わずに堂々とNHKラジオを聴き続けたいと思います！

1ヶ月の生活費は7万円台

ここでいう7万円というのは、家賃や水道光熱費、食費はもちろん、医療費や税金、保険料や交際費などとにかく生活のすべてにかかるお金を含めた額です。

自分以外の人間からの援助は一切ありませんし、生活保護や都営住宅などの公的な援助も受けていませんし、受けるつもりもないです。

というと、とても驚かれるのですが、若い独身男の一人暮らしですから、やろうと思えば無理ではない範囲だと思います。それくらいでやりくりしてる苦学生だっていることでしょう。

1円、10円単位の家計簿はめんどくさいのでつけていませんし、つけたくない。

毎月の収支がマイナスになっていなければOK、というゆるい経済観念で生きています。ですが今回はせっかくの機会なので、何にいくら使っているのかを1ヶ月間記録して、読んでくださっている皆様にだけは内訳を公開してみたいと思います。何の参考になるのかわかりませんが、どうぞご覧くださいませ。

家計支出記録ノート　**5月**　合計金額　**¥71,333**

No	日付	費目	詳細	適用	金額	備考
1	5/1	その他	切り花（ガーベラ）		¥105	
2		食費	だしの素		¥1,021	
3		食費	玉ねぎ		¥180	
4		食費	無化調ラーメン2袋		¥230	
5		食費	りんごジュース		¥98	
6		食費	牛乳		¥101	
7		食費	コーラ		¥168	
8		食費	ヨモギあんこ餅		¥204	
9		食費	そば		¥238	
10	5/2	交通費	JR、小田急		¥755	
11		交際費	コーヒー		¥350	
12		交際費	食材、酒＠友人宅		¥3,800	
13		食費	グミ		¥110	
14	5/3	交通費	JR、小田急		¥950	
15		外食費	江ノ島バーガー		¥800	
16		その他	おみくじ、賽銭		¥130	
17		その他	コロコロクリーナー		¥108	
18		その他	ウェットシート		¥108	
19		その他	コーヒーフィルター		¥108	
20		その他	ティーバッグ		¥108	
21		その他	重曹		¥108	
22		その他	目薬		¥286	
23		食費	有精卵		¥388	
24	5/5	食費	たくあん		¥284	
25	5/7	食費	ジャム		¥265	
26		食費	ホールトマト缶		¥78	
27		食費	りんごジュース		¥98	
28		食費	牛乳		¥183	
29		食費	酒（お供え用）		¥103	
30		食費	しるこサンド		¥196	
31		その他	おみくじ、賽銭		¥150	
32		外食費	コーヒー		¥530	
33	5/9	食費	有機玄米		¥1,800	
34	5/11	食費	豆腐		¥131	
35		食費	りんごジュース		¥98	
36		食費	牛乳		¥183	
37		食費	にんにく		¥131	
38	5/13	その他	換気扇フィルター		¥108	
39	5/14	その他	Tシャツ2枚		¥398	
40	5/15	食費	しるこサンド		¥196	
41		食費	全粒粉食パン		¥194	
42		食費	牛乳		¥183	
43		食費	いちご（半額）		¥250	
44	5/16	食費	無化調ラーメン3袋		¥450	

隠居って、こんな感じ

No	日付	費目	詳細	適用	金額	備考
45	5/16	交際費	レモングラスティー		¥570	
46		その他	お香		¥380	
47		交通費	JR、井の頭		¥780	
48	5/17	食費	ブラックチョコレート		¥101	
49		食費	無添加ガラスープ		¥410	
50		食費	りんごジュース		¥98	
51		食費	玉ねぎ		¥58	
52	5/18	交通費	JR、地下鉄、京王線		¥1,173	
53	5/19	食費	たくあん		¥306	
54	5/20	交通費	JR		¥604	
55		食費	スパゲティ		¥410	
56		食費	ねぎ		¥128	
57		食費	そば		¥238	
58		その他	目薬		¥286	
59	5/25	食費	ブルーベリージャム		¥265	
60		食費	豆腐		¥131	
61		食費	食パン		¥80	
62		食費	りんごジュース		¥98	
63		食費	牛乳		¥183	
64		食費	玉ねぎ		¥58	
65		交通費	豆乳グラタン		¥880	
66		その他	古本		¥200	
67	5/27	食費	じゃがいも		¥162	
68		食費	有精卵		¥388	
69		食費	板チョコ		¥79	
70		その他	ウェットシート		¥108	
71		その他	重曹		¥108	
72	5/29	食費	しるこサンド		¥196	
73		食費	そば		¥255	
74		食費	オレンジジュース		¥98	
75		食費	牛乳		¥183	
76		食費	ねぎ		¥158	
77		食費	玉ねぎ		¥58	
78		食費	バナナ		¥78	
79		食費	いわしの味噌煮缶		¥202	
80		その他	ルーズリーフ		¥108	
81		その他	本		¥1,404	
82	5/30	食費	ココア		¥358	
83		食費	オレンジジュース		¥98	
84		食費	牛乳		¥183	
85		食費	バナナ		¥78	
86		固定費	家賃、共益費		¥29,500	
87		固定費	水道		¥2,845	
88		固定費	電気		¥1,865	
89		固定費	ガス		¥2,405	
90		固定費	通信費		¥6,516	

補足説明をしますと、家賃が2万8000円で共益費が1500円です。この月は友人宅でパーティーがあったので多少出費がありましたし、お菓子の類も好きでよく買って食べています。

私としてはそんなにストイックだとは思っていません。

外食や日帰り温泉などの小旅行は、私の場合はだいたい月に一度くらいあるものですし、自炊の食材も無農薬でなくもっと安いものを選んだりすれば、生活費をさらに減らすことは可能でしょう。

節約が目的ではないので、わざわざチャレンジしたことはありませんが、やろうと思えば6万円台でも生きていけると思います。

そういえば、隠居暮らしを始めてから、所得税の通知が来なくなりました。ついに市政からも放っておかれるようになぁ……。と思って調べたら、そうではなくて、所得税って年収が103万円以下だと非課税になるのだそうです（2014年現在）。

隠居してから初めて知りましたよ、そんな決まりがあるなんて。

私の年収は隠居以降、おかげさまで100万円以下にガタ落ちしたため、富裕層のみなさ

んのように高額な税金に頭を悩ませることもありません。

国民健康保険料は、年収に応じてきちんと払っています。ちょうど口座振替済み通知が届いたので確認したら、年間で1万2000円でした。

年金は、低所得だと免除してもらえる制度があります。年金事務所に電話して聞いてみたら、お金ができたときに後納すればいいということであるとき払うという自営業方針で、現在は免除の申請をさせていただいております。

それにしても税金ってほんとに大変ですよね。

隠居する前は、後述するように杉並区に住んでおり、フルタイムで働いていたときもあったのですが、家賃光熱費と生活費、税金などを払ったら手元にいくらも残りませんでした。今もそんなに残らないという点では同じだけど、同じ残らないなら、はじめからつらい思いはしないほうがましです。

でも、どっちがましかはやっぱり人によるでしょう。

私はお金のなさと、清貧の生活を引き受け、そのへんの草を食べたりしてしのぐ代わりに、

過労から解放されています。

税金を払っても、会社勤めのほうがましと思えば、そうすると思う。

いずれにしても私は、自分のためだけに働こうと思うとこれぐらいしかやる気が起きません。お金がなくたって、悪いことをせずとも、自分の力とアイデア次第で生きてはいけるのです。

何事も、やろうと思えばできるもんですね。

自分を使えば、お金は使わなくてOK

節約生活のポイントは、自分でできることはできるだけ自分でやる、ということです。

お金はないけど、今たまたま手元に時間はあるから、時間を使う。

逆に時間がなくてお金のある人は、お金を払って洗濯でも料理でも事務仕事でも人にやってもらえばいいですし。

みんな、自分が持っているものを使っているだけで、持っていないものを使おうとすると

無理がたたって苦しくなる、という感じがします。

では、両方ない人はどうするか。

これは今ちょっと答えが見つかりません。

でも、私だったら、どっちにしても苦しいならとりあえず働きます。

私が自分ですることを挙げてみると、料理、洗濯、掃除、散髪、買い物、移動、運動、美容、ほかには近所で食べられる野草を摘んできたり、友人にあげるプレゼントを手作りしたり、少し前までは自転車のパンク修理も……。

とにかく、人がお金を払って誰かにやってもらうこと、全部。

おもしろいもので、人間、お金がないと知恵が出てきます。

人から見たら赤貧の生活かもしれませんが、これはこれでなかなか、クリエイティブで楽しいもの。

以下、自分でできること、お金をかけずに楽しめることを各項にまとめて補足説明をしてみます。

料理

基本的に自炊です。
毎食自炊していれば、食費は外食の4分の1くらいに減らせます。
自分で作ったものが一番安全でおいしい、と思っています。
昔はよそでものを食べることって、今ほどなかったような気がするんですけど……。
でも、ごくたまに、どうしても家で作りたくないときや、とくに食べたいものがあるときは、あっさり外食にします。我慢はしません。
年に数回のことですが、友人に誘われて、都心のレストランにしゃれ込んで行く、というのも好き。
どんな目的で、どういう服を着て行き、誰と何を食べ、どんな話をし、どういう時間を過ごすのか。そういうことを考えるのは楽しいひととき。
レストランっていうのは素敵な文化だと思います。
いずれにしても、「なんとなく外で食べる」みたいなことはありません。
メリハリが大事です。

隠居って、こんな感じ

一日の食費は、だいたい300円くらいでやりくりしています。多くても500円以下。この間ゴディバのショウケースを見たら、チョコレートが一粒300円前後でしたので、みなさんがあの一粒に使う金額で私は一日過ごしているわけです。

ちなみになぜゴディバみたいな分不相応なお店に行ったかというと、間違えて入っただけです。

結局一粒も買えませんでした。

5円チョコがうれしかった時代のことを忘れないためにも、これからも自分のために買うことはないでしょう。

さて、一日の食費が300円といっても、毎食自炊ができる環境は、かなり恵まれているんじゃないかと思います。

家族がたくさんいたり、仕事が忙しくて自炊する時間がないという人もたくさんいるはず。

毎食というわけにいかなくても、作りおきをたくさん作っておいて、いざというとき外食を1回減らすだけで、家で結構いいものが食べられます。

そんなこと、言われなくてもわかっちゃいるけど現実的に無理、という状況に私が置かれ

たら。

たぶん、さっさとあきらめて出来合いのものを買ってくるか、手のすいた親や友人が近所にいれば作りに来てもらうかなどして、「ま、こんなもんでいっか」と思うことにするでしょう。

完璧を求めると、余裕のなさがめぐりめぐって自分に返ってきそうなので……。かといって、自分は完璧にやっていないのにあいつは完璧にやっているとか怒るのも疲れます。

というわけで、自分にも周りにも、てきとうが一番です。

掃除

基本的にスーパーで売っているような化学洗剤の類はほとんど使いません。
理由は3つあります。

① まず匂いが苦手。
② 場所や目的ごとにたくさん種類がありすぎて、ついていけない。

42

③合成界面活性剤が川に垂れ流しだと思うと怖くて使えない。

以上です。

洗剤は重曹を。
家中の掃除に使える万能洗剤で、汚れの度合いによってペースト状に水で薄めて使うだけだから、何種類も買わなくていいのがラク。
キッチンのステンレスの汚れも、換気扇の油汚れも、お風呂の湯垢も、これだけでかなり落とすことができます。
また、消臭効果もあるので、生ゴミの臭いが気になる場合は、ゴミ箱に直接ふりかければ悪臭は激減。
排水口にも効果的で、臭い始めたら、ただちに重曹をぶっこんで熱湯をかけるだけ。ジュワジュワ～っと激しく泡立つのを見ながら、臭いの原因菌が苦しそうに流されていくさまを想像して楽しんでいます。
ネットで検索すると、重曹シャンプーという使い方をしている方もいるようです。私はそこまでやったことがないし、さすがにそこまでやるつもりもないので、なんとも言えませ ん

が……。

後述しますが、私は洗濯にも重曹を使っています。

このようにとても便利で万能なのに、化学洗剤に比べて地味であまり使われていないのが残念なので、たまに人に配ったりしています。

最近だとヤシの実洗剤とかが地球に優しそうに販売されていますが、成分を見ると実は少ないけど界面活性剤は入っているので、私はやはり重曹派です。

分解されて、水と二酸化炭素と炭酸ナトリウムになるだけですから、人体に無害フゥー！

ちなみに界面活性剤の名誉のために言っておきますと、界面活性剤というのは、「違う性質を持った二つのものを混ぜ合わせるものの総称」だそうです。

天然由来のもの（大豆由来の乳化剤など）は食品にも使われているので、悪いものばかりではありません。

が、洗剤の場合は成分表示からはそこまで詳しくわからないし、いちいち問い合わせたりして調べるのもめんどうくさいのでやっぱり私は買わないことにしています。

重曹は、用途別に精製度が違うので、掃除用を食用に使うことはできません。

食用のものは、スーパーの製菓コーナーとかに置いてます。

ベーキングパウダーにはアルミニウムという添加物が入っているものが多いので、重曹はその代用品として使えます。

私もスコーンなどを焼くときは、ベーキングパウダーではなく重曹を使います。

私自身は添加物にアレルギーはないので、自分で食べるだけならいいのですが、人にさしあげたりすることも多いので重曹のほうがベターかと。

さて、掃除用としては、百均で売っている国産の重曹をよく買います。

百均って、注意して見ると同じものでも日本製があったりしますよね。

掃除をするときは、汚れてなければしない、完璧にきれいにしようとしないのがコツでしょうか。

汚れが落ちなければ、「ま、このくらいでいっか。頑張ったし」くらいでやめておきます。

きれいにするというより、掃除をしたあとの気分の良さのためにやっているような気もします。

イヤなことがあったとき、いろいろうまくいかないとき、なんとなく不安で心が落ち着かないときも、私は掃除をしたくなります。

単調な動作の繰り返しがいいのか、とても無心になれるのです。また、集中して掃除をしていると悩みごとを忘れることができるし、悩んでたけど意外にたいしたことないかも、と気持ちが切り替わることもよくあります。
昔から掃除は大切な神事である、とかいう話を聞いたことがありますが、たしかに私にとって掃除は祈り、願掛けみたいなところがあるかもしれません。
京都の上賀茂神社には御掃除祭という神事があるそうですし。
もちろん自分が気持ちいいと一番に思えることが大切ですが。
ですから基本的には、気が向いたときに、ラジオを聴きながらとか、音楽に合わせて踊りながら掃除をします。
やりたくないときは、「今日はサボる！」と宣言し、きっぱりとやらないことも、けっこうあります。

重曹すら使わないような、掃除と呼べないくらい小さなことなら、そういえば毎日しています。
ティッシュに柑橘系のエッセンシャルオイルをたらして思いっきり吸い込んだあと、机と椅子とパソコンをなでるとか。

46

食器を洗ったあと、かならず台ふきでキッチンをひととおり拭いてやるとか。トイレは使ったあとにトイレットペーパーをたたんで汚れをササッと取るとか。(これは人の家でもたまに内緒でやってしまいます。)

こまめに掃除していると、意外に軽く拭いたりするだけできれいになりますからね。

考えてみると、私は大掃除はほとんどしないけど、超小掃除はそれこそ毎日のようにしているかもしれません。

毎日といっても、ちょっと拭くぐらいなら、5秒で終わります。

毎日5秒で快適生活が手に入るんです。

ところで、昔からおもしろいな〜と思っていたことのひとつに、「化学洗剤のCM」があります。

あの、イメージ映像っていうんでしょうか、汚れがズバッと落ちて、ピカピカ！みたいな映像をよーく見ると、最後に必ずちょっとだけ汚れが残ってるんですよね。

私はそういうCMを見ると、必ず家族に訴えたものです。

「あのCMってさー、汚れ残っとるじゃんね」

すると家族に、

「え〜? 残っとるわけないやん。何言っとんの」などと否定されてしまいましたが。

世の中には、本当のことを言っているのに誰にも信じてもらえないことがあるのだ、という一抹の孤独を、そのとき私は知ったのです。

そんなはずないのに…と思い続けながらも、今はテレビを持っていませんので、真相は闇の中…じゃなくて今ネットで調べたら、やっぱり気づいてる方がたくさんいました! あっさり解決!

不遇の少年時代がやっと報われた気分です。

あのときの私は小さなコペルニクス。お前が正しかったことが証明されたよ、と15年前の自分に教えてあげたいような、どうでもいいような。はい、次!

　　洗濯

まず、服を買うときは、家で洗濯できるものを選びます。クリーニングに出さなければならないような素材のもの(ダウンジャケットとか)は、なるべく買いません。

一度着たくらいで汚れていなければ洗いませんが、だいたい週に一度か二度まとめて洗濯します。

着ていて何かイヤなことがあったり、巻き込まれたりした場合も、なんとなく洗わないと気持ちわるいので洗濯します。

これも重曹をそのまま入れるだけ。洗濯物の量にもよりますが、だいたい洗濯機の水位が高中低で「中」のとき、スプーンに山盛り一杯くらいでしょうか。

以下、洗濯用に実際に3年間使ってみての感想です。

①柔軟剤を使わなくてもいい

私はもともと柔軟剤のきつい匂いが苦手だし、これも種類が多すぎてわけがわからないので、使ったことがありません。

柔軟剤を入れたときのように、化学的なまでにふかふか、とまではいきませんが、重曹で洗うだけでも適度にふかふかになります。

なんとネットで検索したら、洗濯機の柔軟剤を入れる部分に重曹を入れる（量はてきとうでいい）という方法も紹介されていました！

最初から洗濯槽に入れれば、洗剤も必要なくなりますよ、と教えてあげたいです。

② 溶け残りがない

ある種の液体洗濯石鹸で洗うと、溶け残った石鹸がズボンの股間付近に白く染み付いていることに気がつかず、思春期に学校で気まずい思いをすることがありますが（いえ、一般的な話です）、重曹に限っては溶け残りで困ったことは今まで一度もありません。真冬に洗濯物を取り込むとき、ときどき固まった重曹のかけらが衣類に付着していることはありますが、乾いてカリカリになっているので、はたくだけで落とせます。身も世もなくしがみついて私を困らせるようなこともありません。執着がなく、あっさりとしていて付き合いやすいです。

③ 肌に優しい

柔軟剤に使われている陽イオン界面活性剤は塩素系の非常に毒性の強いものだそうで、敏感な人は皮膚を通じて毒性を取り込んでしまい、吐き気や頭痛を催す、またアトピー性皮膚

炎の人はかゆみがひどくなる場合があります。

重曹の場合は、有毒な界面活性剤は使っていないので、洗い上がりもさっぱりしていて着心地も快適です。

④ 部屋干ししたときの臭いが抑えられる

部屋干しするしかない梅雨の時期などは、柔軟剤を使わないと濡れぞうきんみたいな臭いが発生しますよね。

かといって、そのためだけに部屋干し用洗剤を買うのもイヤ！

そんなとき私は、重曹をいつもより少し多めに入れるだけです。

まったく臭わなくなるわけではありませんが、もともと消臭剤としても使われるくらいですから、かなり抑えられます。

こんな感じです。

重曹が柔軟剤に負けてるポイントがあるとすれば、静電気や花粉の付着を防いではくれない、ということでしょうか。

静電気は乾燥している季節は非常に心臓に悪いですが、それ以外の優秀な働きを斟酌してみると、重曹にそこまで完璧を求めるのはかわいそうな気もします。

機械油で汚れた作業服や、子どもの泥汚れのついた服とかでなければ、重曹で十分、といった感じです。

ホースが詰まるから使わない、という話も聞きましたが、私は今まで一度も詰まらせたことはありません。単に入れすぎじゃないでしょうか。

散髪

もう10年近く、お金を払って髪を切ってもらったことがありません。

これも非常に驚かれますが、自分でやろうと思えばできるものです。

今は家電用品店などで、長さの調節ができるバリカンが売っていますし。

私が愛用しているのは、ナショナルの「カットモード washable ER508P」というごく普通のバリカンです。

以前、ホームセンターで7000円弱で買った記憶があります。

ちょっといいサロンで一度カットしてもらうだけで数千円かかることを考えれば、2回く

らい使えば元はとれる。安すぎます。

これで月に一度、自分で短く刈っています。

バスルームの鏡に向かって、全身が映る姿見をうまく置いて後頭部を見ながら、えりあしなどもきれいに揃えます。

はじめのうちは失敗して、切りすぎて部分的にハゲみたいになってしまったこともありました。慣れてくると、どこを短くしてどこを長めにすると自分の頭の形に合うか、といったことがわかるようになります。

私はヒゲソリやカミソリの類も持っていません。

バリカンのアタッチメントのなかに「3ミリ」というのがあって、「これは何に使うんだろう」と思っていたのですが、あるときそれでヒゲを短く整えてみたら30秒でできちゃいました。

それ以来、週に一度くらい3ミリ仕様のバリカンを当てるだけです。

剃ってる時間がもったいないので、ヒゲソリやシェービングクリームはとっとゴミ箱へ。

そんなわけでここ数年、ヒゲソリも使ったことがありません。

買い物

買い物をするときのポイントは、「欲しい・欲しくない」「あると便利・ないと不便」で考えるのではなく、「必要かどうか」で判断することです。

ですから、食材以外のものはあまり買いません。

後述しますが、このあたりは海外を放浪していたバックパッカー時代に養われた「余分なものは持たない」精神の表れだと思います。

ただし、何かのお祝いに、心やすい友人に花やプレゼントを買うときは、迷わずお金を使います。これもメリハリが大事です。

いずれにしても、なんとなく何かを買うことはありません。

すると必然的に出るゴミも減ります。

私が今使っている燃えるゴミの袋なんて、3リットルのSSサイズです。

コンビニでもらう一番小さい袋ぐらいの大きさです。

値段にしても、いかに安価であるか、ということよりも、全体的に見て適正価格かどうか

隠居って、こんな感じ

を考えます。

たしかにチラシだけで見たら安いかもしれないけど、そこまで行くのにかかる運賃とか時間とか労力を支払ってその商品を買うのが、納得できる範囲かどうかがポイントです。

余裕と興味があるときは、この買い物がどんな会社の利益になってどういうふうに社会に還元されていくのか、というようなことにも思いを馳せます。

このように考えていくと、安いように見えるけど総合的には高くつくことがある、ほんとにタダより高いものはないな、ということが実感できます。

たとえば、欲しいものが決まっていて、必ずそこにあるとわかっている場合ならまだしも、わざわざ遠くのアウトレットに試しに行ってみる、みたいなことはまずありません。

とくにセールの時期なんて人がたくさんいて疲れるし、思考能力も落ちるし、店員さんもキャパオーバーで、サービスが行き渡っていないと思うのでますます行きたくないです。

隠居してからは、流行に乗り遅れないように頑張るのがもうしんどいので、どうしても欲しいものがある場合以外は、あるもので済ませるようになりました。

買い物は全体的に見て判断する！

すると、無駄遣いをすることが激減します。

55

移動

まず、原則として電車やバスは使いません。徒歩や自転車で行ける範囲内で行動します。運動にもなりますし。

電車なら5駅くらいは普通に自転車をとばせば行けます。地下鉄でいうと倍の10駅ぐらいの距離でしょうか。これで足りない用はほぼありません。

ただし、これもたまに友人と都心に出かけるときや、真夏の暑い盛りなどは、あっさり電車やバスに乗ります。

何度も言いますが、無理なことはしません。

車なんてもちろん持っていないし、今はお金があっても買わないと思います。東京に住んでいる分には、交通網も発達しているし、とくに困ったことはないからです。

それにガソリン代、駐車場代、車検代、自動車税などなど、維持費だけ考えても気が遠くなりそう。

1970年までに生まれたバブル世代やそれ以前の人たちに言わせると、私たちのような

物欲のあんまりない世代は、「かわいそう」なのだそうです。

たしかに車もバイクも家もブランド物も海外旅行も酒もタバコもキャバクラもべつにいらんし、なくても生きていけるし〜、と私は個人的に思っていますが、かわいそうかどうかはちょっと自信がありません。

新しい世代っていつの時代も、世の中の潮流に敏感に反応してカメレオンのように変化し、世代感みたいなものを作っていきますよね。

バブルの頃に若かった人は、バブルに呼応するように物欲を増大させていくし、不景気に青春時代を過ごせばそういう社会に合わせて欲望を減退させていく。

若い人は世の中にうまく適応していくようにできているんだな〜、と感心します。

運動

形から入ると、何でもお金がかかります。

運動のためにプールに通うから水着を買おう、ジムに行くから会員になろう、トレーニング用ウェアを買おう。

あるいは、お金をかけずに自宅でできるように健康器具を買おう、とか。結局お金がかか

ります。

お金を使えば頭は使わなくて済むし、スピーディに解決しますが、「まずはお金をかけずにできることはないか」という選択肢を考えることが、なくなるような気もします。

私はジムやプールなど、運動するためにお金を使うことはありません。

前述の「移動」と重複しますが、散歩や自転車など、もっぱら身一つでできることだけをします。

とくに歩くことの効果は、昨今いろいろ言われていますよね。

歩く習慣のある人はボケにくいとか、歴史に残る偉人や哲学者は歩く習慣があったとか。

足の裏にはツボが集中しており、脳がかなり刺激されるのだそうです。

哲学者や昔の小説家たちが歩きながら考えたというのも容易に想像ができますね。

ですから、というわけでもありませんが、私はなるべく凸凹した道を選んで歩きます。足の裏で凸凹を感じて歩くのが最高に気持ちいいです。

しかし悲しいかな、人間は刺激には慣れてしまう生き物です。

先日も、友人宅でイボイボのついた青竹に乗ってみたら全然痛くなかったので、健康といえことらしいのですが、ちょっと物足りませんでした。もう剣山とかに乗るしか……。

歩いていると情報の入ってくるスピードがちょうどよく、季節の花がほころぶのや、夕暮れの時間にもいち早く気がつきます。

それから、朝はラジオ体操、就寝前には簡単なヨガをしています。これもお金は一銭もかかりません。

ラジオ体操は、実際やってみるとわかりますが、あんな短時間で全身の筋肉とか関節をまんべんなく動かせて、安全で、効率がいい運動は他にありません。タダだし。

ポイントは、ひとつひとつの動作をキビキビやること！　軽く疲れます。とくに肩の周辺が。自分がどの部分を日常生活でよく使っているか、いないかがわかりますね。

ラジオ体操は、カラダとのコミュニケーションです。

おはよう膝関節！
おはよう大腿二頭筋ございます！
とか言いながらやると、なお良いでしょう。

ところで、健康法って、ひとたび注目されると、必ず賛成派と反対派に意見が分かれて議

論を呼び、ネット上で話題になったり、書籍が発売されたりしますよね。

そりゃ、人によっては合う合わないがあるから仕方ないだろう、と思いますが、散歩とラジオ体操に関しては、不健康だとする話は聞いたことがありません。

ですからまあ、地味だけど万人向け、ということかもしれませんね。

たとえアンチ本が出たとしても、

『長生きしたけりゃ、歩くな!』
『ラジオ体操をすると、早死にする!』

……売れなさそうです。

ラジオ体操の思い出って、小学校の夏休みに、ロッテリアのポテトSサイズの魅力に負けて、毎朝眠くて死にそうになりながら行ったことくらいしか覚えていません。

当時は町内会のラジオ体操に参加すると、カードにスタンプを押してもらえて、全部たまると、近所のロッテリアでフライドポテトのSサイズと交換してもらえたのです。それが全

今思うと、たかが百数十円のポテトSサイズに騙されて、せっかく寝坊できる夏休みの朝を毎日犠牲にしていたなんて、割を食ったにもほどがあります。

子どもなんてただでさえ毎日遊びまわって体を動かしまくって運動量は十分すぎるくらいなのだから、あんなもん慢性的な運動不足の大人だけで勝手にやっとけばいいのです。

つまり現在の私のような人間にはぴったりなのです。

美容

昨今は薬局や雑貨店でも、女性用は言うに及ばず、男性用化粧品のコーナーも拡大していますね。

それだけ需要があるのでしょうが、私には用途のよくわからない小さなボトルが1000円以上もするのを見ると、ひっくり返りそうになります。

知りたい人もあまりいらっしゃらないとは思いますが、万に一人、知りたいという奇特な方のために書きますと、私はずぼらなので化粧品の類は一切使いませんし、買いません。

若い時分は色気づいて買ったりしたこともありましたが、メンソールだかなんだか、刺激が強すぎて結局最後まで使えずにゴミ箱行きに……。

あ、冬はくちびるが乾燥して割れたりするので、メンソレータムのリップクリームだけは買いますけど、あれは化粧品の部類に入るんでしょうか。

今ちょっと持ってきて見てみたら、正式名称は「メンソレータム薬用リップスティックXDc」とありました。

薬用。

やはり純粋に見栄えをよくするため、というよりは、くちびるを損傷から守る、という実用品扱いのようです。

「XDc」とか頭良さそうなアルファベットがついてるあたりに説得力を感じます。

でもカテゴリーとしては、「医薬部外品」。

医薬界からはみ出してるけど、いちおうボクも薬だよ！　という声が聞こえてきそう。

社会からはみ出してるけど、いちおう人間の私としては、非常に親しみを覚える存在です。

あるとき、作家の宇野千代さんのエッセイで、化粧水の代わりにオリーブオイルを使っており、これでピチピチ米寿女子、みたいなのを読みました。

そこで私も、キッチンに置いてあったエクストラバージンのオリーブオイルをお風呂あがりに試してみたところ、肌にすっとなじんで刺激がまったくなく、オイルなのにさらりとし

ていて全然べとつきません。
冬でも乾燥とは無縁です。
昔は保湿クリームの類をつけないと肌がかゆかったのですが、今はまったく必要ない状態に。
と、こう書くと、何かの安っぽい宣伝文句みたいであれなのですが、実際そんな感じだったので、そのまま書きました。
考えてみれば、オリーブオイルって口に入れるものですから、当然、体に悪かろうはずがないですよね。目指せピチピチ愛され米寿男子！

石鹸も、汚れたところや汗をかいたときに使うくらいです。
お湯で汚れや臭いが落ちればそれ以上ゴシゴシ洗うこともありません。

そんなわけで、私のバスルームはとてもスッキリしています。
バスタブ周りには、石鹸とシャンプーしか置いてません。
最近は、この石鹸を使い切ったら、髪にも体にも使える液体ソープが一本あればいいや、という境地に達しました。

そして洗面台には、歯ブラシ、歯磨き粉、洗口液、そして件(くだん)のオリーブオイル。基本的に

これだけです。掃除がラク！

隠居流趣味の見つけ方

毎日あくせく働かなくても楽しく生きていくためには、お金のかからない、かつひとりでも没頭できる趣味を見つけるのが得策です。

まずは読書です。

これはひとりでできる、お金がかからない、時間や場所を選ばない、しかも傍から見ると、単なる暇つぶしをしているだけなのに頭が良さそうに見える、ということで最強の趣味と言えるでしょう。

実際は、本を読んでいるからといって頭がいいわけではないことは、私が一番よく知っていますが。

読書の際は、もっぱら図書館をフル活用します。

今はありがたいことにほとんどの図書館はインターネットで検索・予約ができ、分館にある書籍のためにわざわざ遠出しなくても、最寄りの図書館で取り寄せてもらえます。

人気の本や新刊本は数ヶ月予約待ちなど、多少の不便はあるにしても、何万冊という本を自分の代わりに所蔵してくれていると思うとワクワクしませんか。

図書館は知の宝庫です。世の中に、まだまだこんなに知らないことがあるなんて！

そのタイトルも『図書館に通う』という、みすず書房から宮田昇さんという方が出版された本があります。図書館の利用術とでもいえる好著です。

隠棲したとおっしゃりながらも精力的に執筆活動をされている方のようですが、隠居者にとっていかに図書館が有効な施設であるかが、よーくわかります。

もちろん図書館に置いていない本もあるので、それだけは古本屋を探します。

ふとしたときに覗いてみて、あれば買うし、なければないで、頭の片隅にでも置いておくと、そのうちフェイドアウトしていくのでとくに困りません。

「本は出会い」がモットーですから、読みたいと思ったときが旬。

そこで出会えなければ、まあそれまでのご縁、ということにしています。

今の時代、インターネットの古書店で探せば見つかるとは思いますが、見つけられるからといってとくに見つけに行こうとは思わない。

読むべき本は、向こうからのアプローチもあるはずだし、しかるべきタイミングで出会うはず、と、なんとなく構えています。

先日読んだ本の中で、作家の河野多惠子さんも、どこかの対談で、

「いろんな本が次々に売り出されるけれども、それを逃さないように一生懸命になることはしなくていい。自分にご縁のある本は、必ずまたどこかでつながっていくから」

とおっしゃっていました。

本に対する態度って、人との付き合い方に似ているかもしれません。

私の場合は、人はだいたい一度会ってなんとなくダメと思ったらそれ以降は自分からは会いません。

本も最初の10ページでつまんなかったら読むのをやめて速やかに図書館に返却。この第一印象で切り捨てる感じがとてもよく似ています。

会うべき人や読むべき本とはまた自然につながっていくだろうから、すべて放置しておけばよい、という了見です。

もうお亡くなりになりましたが、『100万回生きたねこ』の作者・佐野洋子さんは、つ

やはり、人と本の付き合い方は似ているような気がします。

では、人付き合いに関してはどうかというと、「付き合っていて、イヤなところがまったくない、ケンカもしないような奴は嘘ついてるってことだから、人間として認めない」そうです。

上春樹さんの大ベストセラー『ノルウェイの森』も、どうやら餌食になったようです。あの村まらない本だと、「なんてつまらない本なんだ!」と床に何度も投げ捨て、でもそのつまらなさを最後まで確認するために、また何度も拾って読む、とおっしゃっていました。

新刊は高いのでほとんど買いません。

例外としては、「この本、自分が読んだあとにあの人にあげたら喜ばれそう……」とかいうときに買うことがあります。

その際はおもしろかったところ、その人が興味のありそうなところに付箋でも貼っておきます。

いずれにしても自分だけのためだと高いと思ってしまい、今の経済力では手が出ません。

だって、1冊の本を、1人が読んだら1000円、2人が読んだら500円……などと話していたら、関西出身の友人に「それ大阪のおばちゃんの考え方やで」と突っ込まれました

けれども。
大阪のおばちゃん、素敵な考え方ですよね。

続いて映画鑑賞。
これも、ひとりでも楽しめる極上のエンターテインメントです。
今はありがたいことに多種多様なインターネット上のサービスがあり、無料で楽しめるコンテンツもたくさんあります。
私はパブリックドメインの古い映画を何度も観ます。
なぜかというと、古い作品のいくつかは、無料動画サイトで見つけることができるからです。
海外のウェブサイトだと、字幕がついていない洋画作品も多いのですが、外国語のわかる方は使わない手はありません。
よくわからないウェブサイトからダウンロードするのは、ウイルスに感染する恐れがあるので、利用しないほうが無難。
ストリーミング配信で観られるもののほうが安全かと思います。
その日の気分で選んだ紅茶を飲みながら、古い映画を観るのは至福のひとときです。

隠居って、こんな感じ

少しお金はかかりますが、青春18きっぷを使って、日帰り温泉にもときどき行きます。東京近郊では熱海、下諏訪、日光、石和や白子などもよく訪れます。

隠居をしていると、平日が日曜日みたいなもんで、混んでいない日時を見計らって優雅に行けるのが嬉しいです。温泉に限らず、平日はいろんな娯楽施設で入場料が安いことが多いですし。

休日は混むので外に出たくありません。人ごみが嫌いなので、平日もできる限り通勤ラッシュの終わる9時以降に出かけ、帰宅ラッシュの始まる5時前に帰るように努めています。

と、ここまでは私の話ですが、べつに読書や映画でなくても、お金のかからない趣味って他にもいろいろありますよね。

近所の山や森に出かけてバードウォッチングするのもいいし、スケッチでも編み物でも、お金のかからない趣味ならなんでもいいのです。

いつだったか、たまたまよそでテレビを観ていたら、実際には存在しない架空の地図を、趣味で10年以上作り続けているという人が出ていました。

その設定がものすごく緻密で、「ここにこれだけ大きな公園ができたのは、再開発のために市が広大な用地を買ったんですけど、都市計画が頓挫して仕方なく公園にしたのです」というようなことを淡々とおっしゃっていたのが印象的でした。

現実には何の役にも立たないことを、どこまでも細かく、気の遠くなるような時間をかけて作り続け、その都市は彼の頭の中で現在も変わり続けているのだそうです。

なんだか神聖さすら感じてしまいました。

あれもお金は一円もかかっていませんし、一生続けられそうです。とても素敵な趣味だと思います。

気楽なお付き合い〜ファッション編

衣類は、ほとんど古着屋さんや、ディスカウント・ショップでベーシックなものを中心に買います。

かつては、いかに多くのスタイルを、安く、しかも人と違うふうにおしゃれに再現できる

か、ということに命をかけていました。

つぶれかけの古着屋で買った、たぶん女性物の、丈の短い花柄の１００円セーターとか。

（この古着屋、久しぶりに行ったらやっぱりつぶれてた。）

ロンドンのカーブートセールで１ポンドで買ったウェスタン・ブーツとか。

安いリサイクルショップの中、ではなく店の外の、どうでもいい雨ざらしコーナーで見つけた20円のパティシエ風シャツとか。

ところが最近、服をごっそり断捨離してしまいました。

実際やってみてよかったのは、断捨離しながら「どうして私はこれを捨てられないと思っているのだろう」と、ひたすら自分の内面と向き合えたことです。

それでやっとわかりました。

「私はお金をかけずにおしゃれができるんだぞ」という気持ちの根本にあったのは、自己承認欲求でした。

あとに必ず「だから私ってすごいだろう」みたいな感情がセットになっています。

人間は、自分のことを認められたい生き物なのかもしれません。

だんだん、そういう欲望みたいなものもなくなってきました。自分がチープシックを楽しめる人間だ、ということは自分が知っていればいいことだし、ことさら周囲にアピールする必要ないかも、と思うようになったからです。

だから今は流行に左右されないスタンダードなものを、各季節だいたい3ローテーション分持っておくくらいになりました。夏は汗をかくのでTシャツだけは多めに持っていますが、個性的な服は合わせるのが楽しいけど、着回しが難しいですからね。今は楽しさよりラクさが勝つようになりました。

それにしてもオリジナリティに過剰にこだわる時期ってありますよね。「自分は他人と違う」ということが人生の最重要課題で、それを周りにうざったいくらいアピールしたい時期が。今振り返ると、服は似合っていたと思うけど、自己顕示欲がむんむんだっただろうな〜と思うと恥ずかしいです。

気楽なお付き合い〜人間関係編

よく「来るものは拒まず、去るものは追わず」と言いますが、私の場合はちょっと違います。来るものはてきとうに拒み、去るものは追いません。

付き合いは非常に悪いです。

自慢じゃないが、遊びの誘いはばんばん断ります。メールが来ても、なんなら返事も出しません。

そもそも、初めから人に近づかない。野良猫のようにめちゃめちゃ距離をとります。

距離をとることの利点は、他人にあまり腹が立たなくなることです。

たとえば家族でも友人でも、近くにいすぎるといまいち距離感がわからなくなり、「なんで体調悪いのに病院行かないんだろう？」とか、「彼女でもつくればいいのに」とかいう瑣末なことが気になって、ちょっとおせっかいなことを言ってみてはウザがられる場合があります。

ところが適度に離れていると、「それは他人が決めること」という基本的なところを見失

わずに済みます。

また職場でも、正社員になるとやる気上司と毎日顔を突き合わせなくてはなりませんが、週に2回ぐらい会うだけのバイトの身分なら、まあ許せるし。

そして至近距離にいたときは、絶対に自分だって無意識に他人をイラっとさせていたに違いないのですから、そんな自分のこともついでに許すことができれば、もうこれからの人生はバラ色です。

私は隠居をし始めてから、家族や友人や街ゆく変な人にも、腹を立てることが激減しました。

穏やかな凪のように毎日が過ぎていきます。

きっとこんな私は、「べつにお前なんか初めから相手しねーよ」と遠くから思われていることでしょう。

でもいいのです。

歳を重ねると（いや若い頃からだけど）、もういろんなことがめんどくさい。

私はひとりで放っておいてもらえると、すごくイキイキします。もうルンルンです。

「水を得た魚」ならぬ、「孤独を得た隠居」です。

隠居って、こんな感じ

そんな努力も虚しく、知り合ってしまった場合は、それとなく、誘われたくないオーラや、話しかけるなオーラを出しておく。

だいたい、20回ばかり誘いを断った程度で疎遠になる人は、たいした用事じゃなかったんだな、くらいに考えています。

用事があったらこっちから行くからほっとけオーラを。

本当に残る人は、それでも残るもんです。2、3人いればけっこう人生は楽しい。

だいたい昔からひとりでいるほうが好きだし、全然苦になりません。

学生の時分から登下校とか、トイレに行くのも、ひとりで平気だったので（後者はむしろひとりで行かせてくれ）、もともとそういう質なのでしょう。

こういうふうに、社交もせず、目立たず、控えめに暮らすライフスタイルのことを、ロープロファイル（Low Profile）と呼ぶそうです。

前世はお坊さん！？

以前、霊感の強いOLの友人、スジャータ女史の家に泊まったことがありました。

スジャータ女史は、霊感が強すぎて勤める先々でパソコンや電気系統が原因不明の故障を起こしまくり、必ずクビになるという経歴の持ち主です。

ほんとかどうか知りませんが、スジャータ女史は夢で他人の前世がわかるらしく、寝る前に、最近働き始めた会社の上司の前世を夢で見た話をされました。

それで、「じゃあ私の前世は何?」と聞いてみましたが、スジャータ女史はうーん、わかんない、とのたまうではありませんか。

なんだ、インチキか? と訝しげに思って訊ねると、こう返ってきました。

「ふつう、人って前世のオーラっていうか、生活感をまとってて、それでなんとなくわかるんだけど、ヘンリくんは生活感が全然見えないの〜」

前世がないとか、今回初めて生まれたとか、そういうことでしょうか。

なんか特別な人っぽいじゃないか。私はきっと天上界から遣わされた天使に違いありません。

しかし、よく考えたらスジャータ女史は、人の自尊心をくすぐるのがうまく、褒めておだてて付き合っている男を意のままに動かすことなど朝飯前というシャーマン・ガールなのでした。私は一抹の警戒心を胸に就寝。

翌朝、スジャータ女史はガバッと起きるなり、言いました。

「ヘンリくんの前世がわかった!」

76

隠居って、こんな感じ

「あ、天使かな?」
「ブー。お坊さん」
「……」

夢のお告げによると、私は前世、インドかどこかの山奥で、檀家もいないような小さなお寺に隠居して、オリジナルのお経を作ったり、書や絵を描いたりしてのんびり暮らしていた、ということです。

お坊さんなら、たしかに浮世離れしていて、生活感はなさそうですが……。

ちなみに後日、占星術の先生にも「あなたの前世は坊主です」と言われました。

この先生がみたところによると、私はもともとインドあたりで何かの宗教団体に所属し、尊敬する師の教えを忠実に守り、断食などの荒行を実践していたそうです。

しかし、そのうちに違和感を感じるようになり、異端視されはじめ、ひとしきり牢屋に入れられるなどソフトに拷問されたのち、脱退。

その後は人間関係のしがらみを離れて山の中でひっそりと暮らし、ひとり寂しく生涯を終えました、とさ。

スジャータ女史の夢のお告げと内容がかなりかぶります。

77

前世でも世を捨てて隠居していたなんて、人は生まれ変わっても同じことを繰り返すのでしょうか。

何の因果か、今回も資本主義という現代の宗教に背を向けた破戒坊主の役を仰せつかってしまいました。

私だって、たまには長いものに巻かれて人生を送りたいです。

ところで袈裟を着た人がポルシェとかベンツを乗り回してブイブイいわしてる昨今（もちろん真面目なお坊さんもたくさんいると思いますけど）、もし私が出家していたら、まれに見る無欲で優秀な愛され坊主になって、ありがたがられまくること請け合いでしょう。檀家まで電車でGO！みたいな。

でも出家していないというだけで、現在、傍目には反社会分子と同じポジションです。ただひっそりと、無欲ライフをエンジョイしているだけなのに……。世の中って不思議です。

出家というのは、まるで免罪符みたいですよね。

べつにそんな免罪符いりませんけど。

免罪符で思い出すのは、ヘルマンヘッセの『シッダールタ』を最近読みかえしたときのこ

とです。
　ひきこもっていたときに初めて読んだのですが、大人になってから開いてみたら全然印象が違いました。
　バラモンの子であるシッダールタが、人間として本当の幸せとはなんなのかを求めて、出家して荒行してみたり、世俗の欲望に溺れてみたりして、やがて時間を超越したところに真の幸せがあるのだ、ということを川の流れに教わる。
　額面通りに読めばそういう話です。
　大人になった私が再読したところ、生まれながらに類まれなる美貌を持ち、裕福でみんなに愛されたシッダールタというひとりの自分勝手なゲイが、人生がつまんなすぎて出家して家族を捨て、せっかく仏門に入ったのに気まぐれに仏道を捨て、ついでに一緒に苦行を耐え抜いてきた親友も捨て、女のひとを孕ませた挙句にやっぱり捨て、最後に親友と川辺で再会して、男性同士で口づけをしてハッピーエンド♡
　修行って言っとけば何でも許されるよね〜♪みたいなとんでもない話のように感じました。
　……なぜ私はこんなに薄汚いひねくれた人間になってしまったのでしょうか。本は自らを映し出す鏡のようです。
　自分勝手なことか、出家してみたけどやっぱ辞〜めたとか、畏れ多くも前世の私に若干

似ているような気がしなくもないです。
ていうか、そもそも前世とか占いなんて、自分の都合のいいように利用しとけばいいんですよね。どんまい。
「人生はいいとこ取り」がモットーのヘンリです。ありがとうございます。

隠居食のこと

ネットで、禅寺での修行体験記を読んだら、寺の食事メニューが私のとまったくいっしょだった。

玄米　おみおつけ　たくあんのみ

まいっ　美味

忙しいとないがしろになるもの

今の暮らしからは想像もつかないことですが、私も地元愛知県で高校を卒業したあとの一時期、世間の人と同じように週5〜6日、働いていたことがあります。派遣社員として、工場で業務用のエアコンやリフトの部品を作ったりしていました。

労働環境はいいとは言えませんでした。

正社員でさえ3〜4台がいいところなのに、私は多いときには7台の機械をひとりで回し、休憩する時間も返上して走り回らないとならないくらい忙しく、通路の前を正社員がタラタラ歩いていたりすると、こっちはお前みたいに暇じゃねーんだよ!! と怒鳴り散らしたくなる。

大変なのは機械が止まってしまったときです。

破れそうになっている蛇腹のホースをビニールテープでぐるぐる巻いて補強するとか、応急処置程度なら自分でできますが、技術的な問題で機械が止まってしまうと、リーダーに頼んで直してもらわないと機械が動かせません。

ところがリーダーも忙しく、呼び出しをかけてもなかなか来てくれない……。

隠居食のこと

ただでさえひとりで7台も動かして手一杯なのに、1分でも機械が止まると仕事が終わらないのは明らかだし、次の加工現場に間に合わずに迷惑がかかります。

やがて現場監督から叱られたリーダーが、力のない派遣社員の私に当たり散らし、一体私はどうすれば？　という状態でした。

もちろん仕事は終わらずに果てしない残業へ……。

こういう状況を解決するのがリーダーの仕事じゃないのかしら、などと疑問に思いつつ、若かったからうまく伝えられないし、労働監督署に相談することも知らないし、だいたいストを起こす勇気もないし。

もうずいぶん前のことなのに、ちょっと思い出しただけで心の中がドロドロします。今思うと、余裕もなく、精神状態も悪かった。

忙しいときは、残業も含めて毎日12時間以上走り回って働いて、働いているだけでただ過ぎていくような日々でした。

そんな状態ですから、仕事が終わる頃には、何をする気力も残っていません。休日も疲れているのでひたすら寝て過ごします。遊びに行くにも、家には寝に帰るだけ。明日も長時間労働かもしれないことを考えると、体力は温存しておきたい。

当時はまだ20歳くらいで実家暮らしでしたから、炊事や洗濯こそ母親が代わりにやってくれたものの、これが一人暮らしだったら、と思うとぞっとします。

自炊したくても出来合いのものを店で買ったり、外食したりしなければならず、せっかくの残業代は目減りしてしまう。

休日だって家事は誰もやってくれないから、休みたくても自分でやらざるを得ない。

だから、そんなときに、自炊をして節約しよう！とか、未来のために選挙に行こう！とか言われても、「何言ってんの？」ってなもんです。

今日も明日もめちゃくちゃ働かなきゃいけない身空には、自炊も未来もへったくれもありません。

ずっと働いていると、そんなこと考えてる時間も余裕も奪われてしまいます。一人暮らしならなおさらでしょう。

それでもまあ、仕事だしな、このままずっと働いて、と無理やり折り合いをつけながら続けていました。

しかしあるとき、無駄にすると思われる時間やお金を勘定してみたら、なんだか人生がもったいなくなって、結局、派遣会社は1年ちょっとで辞めました。

どう考えても割に合わないし、やってられません。

隠居食のこと

以前、20代の知り合いにこの時期の話をしたら、「12時間労働？　そんなのフツーだよ」と一蹴されてしまいました。
フツーじゃない場所にいると、それがフツーになってしまう。すごく怖いことですが、今は珍しくもないことなのだと思います。
若者の政治離れや、食生活の乱れが取りざたされる昨今ですが、そもそもそんなことに構っていられる余裕がない若者もたくさんいるに違いありません。実際、忙しい現場で働いてみて、そう感じましたから。

ヒマになると、食に興味がわく

それ以来、社員と名のつく仕事はしたことがありません。
肩書きは気にせず、人に迷惑もかけず、食べていくのに十分なくらい働いていればとりあえずよし、ということにしました。
すると今までないがしろにしてきたものに目がいきます。
それが食でした。

たとえばスーパーに行ってみると、なんで同じうどんがこんなに値段が違うのか。なんで日本で作れるものを、わざわざ外国で作らせて空輸までして、そんなに手間ひまかけたのに国産より安く売れるものか。なんで夏野菜が冬でも売っているのか。
オーガニックってどういう意味？ などなど。

上記のような疑問は、今は調べれば簡単にわかることですので、ここでは書きませんが、とにかく、体にいいものと悪いものがあったら、いいものを食べたい、と思うのが人情です。それまでは昼食に菓子パンとか、カップ麺、コンビニ弁当で済ませていたときもありましたが、インターネットや図書館でものの本などを読んでいるうちに、私もどうせなら体にいいものを食べたいな、と自然に気持ちが動きました。

私は高校を卒業するまで料理などまったく作ったことがありませんでした。料理は食卓に勝手に出てくるものだったからです。
だから当時は、料理の知識なんてまったくありません。肉を焼くのに油をひくの？ どの油をどれくらい？ くらいのレベルでした。

本当に、恥ずかしいくらい何も知らなかった。それでレシピ本を買ったりして、自分で作るようにもなりましたが、生来のめんどくさがりのため、できるだけ難しいことはしたくない……。長い時間をかけて、いろいろ試してみて、行き着いたのが、一汁一菜を基本とした粗食でした。

粗食は意外にラクだった

私が粗食を実践している一番の理由は、ラクだから、です。

これ、意外じゃないですか？

「粗食は古き良き日本の伝統的な食生活」などと聞くと、だしをとったり、時間がかかるしめんどくさそう……、と私もはじめは尻込みしまくりでした。

ところが、総合的にはこれが思ったより手間ひまかからなかった。実際自分でやってみて、感じたことを以下に挙げてみます。

① 質素が基本だから、何品も作らなくていい

バランスの良い食事の目安として、一日30品目とか言われますよね。
これを本当に実践しようとしたら、それこそ何品も作らなければいけない。
食材もたくさん買う必要がある。しかも、それらをきっちり管理して使い切らなければお金と手間が無駄になってしまう……。
私は雑な性格なので絶対に無理です。
粗食は玄米菜食が基本で、野菜の皮も丸ごと食べる完全食なので、栄養バランスが良く、何品も摂る必要はないのだそうです。
おかずが一汁一菜だけでいいなんて、最高にラク！

② 洗い物が少ない

これはもう言わずもがなです。
作る料理の数が少ないのだから、洗う調理器具や食器の数も自ずと減ります。
しかも、油をあまり使わないので、洗剤もほとんど使わなくていい。

ゴシゴシこする必要もないからラクだし、洗剤もほとんど買わなくていいし、スポンジも長持ちするので経済的。

③献立や買い物に頭を悩ませる必要がない

家で食べるときは、多少のバリエーションはあるにしても、メニューは毎日だいたい同じです。

だから使う食材も決まっているし、お店で「この特売品を、あの冷蔵庫の残り物と一緒に使って……」などとアゴに手をあてて考える必要もありません。

特売品を毎日チェックして、一円でも安い店を探すような根気はないので、とくに気にしないことにしています。

さらに、いつも行くお店は決まっているので、食材の場所もわかっているし、買い物も超速で済ませられます。

以上の理由から、粗食はものぐさな私にぴったりでした。

でもね奥さん、ここまではあくまでも、私の場合。

マクロビとか玄米菜食は、一般的に体にいいとされてますが、個人差ってありますよね。食事療法を医者にすすめられたとかならまだしも、玄米が嫌いということなら、食べないほうがよっぽどハッピーだと思うんですけど。

だからってジャンクフードばかり食べるのもいかがなものかと思いますが、今はさまざまな食材があるから、栄養面でも十分カバーできるはず。

健康というだけで嫌いなものを我慢して食べ続けたら、それこそ精神を病みそうです。

せっかく現代社会にはいろんな思想や健康法があるのだから、食に限らず、自分に合うものを探して実践したらいいのにな—、と思います。

私は玄米の味も食感も好きなので、基本的に家で食べるときは玄米菜食。でも外で食べるときは気にしない、というスタイルです。

だって、せっかく自分のために作ってくれたものを食べないのは申し訳ないし、旅先で名物が肉料理だったら、食べないともったいないし。

料理って、その土地で生まれたという文化的背景が必ずあるわけで、それを味わうことも含めて旅みたいなもんだと思うので。

何を信じて実行するかは個人の自由ですので、もちろん私がとやかく言うことではありません。

ただ、ちょっとでも自分の信条を否定されると許せない、同じ信条じゃない人間はありえない、みたいになっちゃうと、生きにくいだろうな、とは推察します。

たとえば、マクロビ＝自分みたいになっちゃうと危険信号。信じすぎて、自分の存在意義みたいなものまで預けてしまいたくなったら、ちょっと立ち止まってみるのもいいかもしれません。

やっぱり、「いろんな人がいるよね」くらいにてきとうなのが一番楽しい。

私はといえば、粗食を実践してはいるけれど、主義に走ると不自由な気がするので、その時どきでてきとうにしています。

健康的というのは、大事なことだとは思いますが、それに自分が振り回されるのは心の中が不健康ですもの ね。

健康は粗食の副産物、くらいに思っておくと、実にラクです。

粗食のいいとこわるいとこ

私はもともと規則正しい生活スタイルでした。ただし夜型の。
毎日昼過ぎに起きて、ごはんを食べ、近所の公園でタバコを吸いながらコーヒーを飲み、家事をして、夕方になると仕事に出かけ、夜遅く帰ってきて、午前2時とか3時に就寝。喫煙は一日1本くらいですが、香り高い苦めのブラックコーヒーに合わせるのが至福の時でした。
しかし、玄米菜食が基本の粗食を始めてから、ゆっくりとですが体と心のいろんなことが変わっていきました。
これも、以下に箇条書きにしてみます。

① 早寝早起きになった

これは玄米菜食にしてから1年以上かけてゆっくり変わっていったのですが、とくにきっかけがあったわけではなく、気がついたら朝方の生活スタイルになっていました。

太陽が昇ると目が覚め、沈むと眠くなる、という自然のリズムに、ずれた分だけの時間をかけて体が逆戻りしていくようです。これは本当に嬉しいおまけでした。何より気分がいいし、一日が長く使えます。

② タバコが要らなくなった

私はもともとそんなにタバコは喫みませんが、たまに欲しくなるとハイライトを吸っていました。

なぜハイライトだったかというと、敬愛する椎名林檎さんがハイライト愛好者だったから、という単純な理由です。

要するになんでも、どうでもよかったのです。次第にタール17mgというのがどうにも重く感じられるようになり、だんだん軽いものにシフトし、最終的にほとんど吸わなくなりました。(のちに、椎名さんも脱喫煙されたようです。)

今ではごくたまに、おいしいブラックコーヒーを飲んだときや、夏の夜に公園へ出かけたりしたときに、ボーっと吸いたくなるくらいです。

おいしくないと意味がないし、普段はまったく吸いたいと思いません。

③慢性病の症状が軽減した

私は中学生の頃に花粉症を発症してから、とくに5月の初め頃になるとくしゃみや鼻水が止まらなくて困っていました。

私の地元はお茶の生産地であり、新茶の季節になると中学校全体で茶畑に大挙して押しかけ、一日中茶を摘まなければならない、という地獄のような強制労働イベントがあったのです。茶畑で私はくしゃみ鼻水が止まらなくなり、今思うとあれが花粉症の始まりだったように思います。

玄米菜食にしてからは、完全にとは言いませんが、ピークの時期に症状が出るくらいで、だいぶ軽くなったように思います。くしゃみや鼻水がたまに出ると、「あ、そういえば花粉症だった」と思い出すくらいです。

また、私はあるときから腕に変な形の小さなイボができ、それがだんだん色が濃くなり、何年も少しずつ増加と肥大化を続けていました。

特に痛みもないし、たまにエイッと爪で剥がしたりして、また再生するのを見て遊んでいたところ、ガンの経験者から「そのイボ、ほうっておくと皮膚ガンになる可能性があるよ」と脅かされ、瞬間的にビビったものの、やっぱり聞かなかったことにしました。

ところがあるとき、ひさしぶりに爪ではがしちゃうぞ〜と腕をまくったら、イボが忽然と消えているではありませんか！

今でも本当に不思議なのですが、それ以来イボはまったくできず、跡もすっかり消えてしまいました。

さらに、これは私の場合なのですが、驚いたことに、爪水虫も治りました。

これは自分で気がついていなかったのですが、そういえば右足の小指の爪が変に厚く、濁った色になっていました。

あるとき皮膚科のポスターで紹介されていた「爪水虫の症状」と件（くだん）の爪がそっくりなのでそれと知れたのですが、これも痛みもかゆみもまったくなかったので放置。

で、ある日、足の爪を切ろうとしたら、普通の爪になってました。

ただ、これはしばらく玄米菜食をサボるとまた復活するようなので、勝手に規則正しい食生活ができているかのバロメーターとして利用させていただいてます。

私は医者ではないので、玄米菜食との因果関係など詳しいことはわかりません。

ただ、これらの症状が治ったり、軽減されたりした間に私の生活に変化があったことといえば、食生活を切り替えた、ということだったのです。

というわけで、次はどんな玄米菜食イリュージョンを見せてくれるのでしょうか。追って報告したいと思います。

④ 精神的に安定した

個人的などうでもいいことでは、すっかり怒らなくなりました。怒るともものすごくエネルギーを奪われますよね。許せないことがあると人は怒りますから、許せる範囲が狭い分だけ、しんどい気がします。

社会的なことで怒りを感じることはありますが、個人的なことなら、ほとんど「まいっか」で済ませてしまいます。

べつに聖人ぶっているわけではなく、ただ単純に、そのほうがラクだからです。

だいたい私の口癖って、「まいっか」「めんどくさい」「どうでもいい」「無理」「てきとう」「疲超ハイブリッドな省エネライフです。

⑤過剰な欲望が減退した

「れる」ですからね。こんな聖人はいません。たまに、怒ったり、威張ったりすることで周りを萎縮させ、自分だけなぜかイキイキしている人がいますが、あれはどういうことなのでしょうか。この種の人はそばにいると疲れる場合が多いので近づかないようにしています。

たとえば性欲って、意味があるから備わってるんだろうけど、持て余すほど過剰だとしんどいですよね。

男性はとくにそうだと思いますが、性欲がたまっていると仕事も何も手につかない！とにかくヤリたい！みたいなことがときどきあります。でもセックスは相手あってのものだし。ここが、たまに独り身のつらいところです。

食欲や物欲もありすぎると苦しいし。

私は玄米菜食にしてから、こういった欲望に悩まされることがぐーんと減りました。ときどき、社会的に地位のある人が、痴漢みたいなどうでもいいような性犯罪で逮捕されることがありますが、あれも欲望のマネジメントができていないことになるのかもしれません。

適度な欲望はキープしつつ、過剰な分は抑えるに越したことはありません。

さて、いいところばかりを書いてきましたが、もちろん全能というつもりはありません。

なので、粗食を実践して困ったところも書いちゃいます。

ずばり、欲がなくなる、ということです。

これは、⑤が行き過ぎた例。

過剰な欲望が減退する、というより、欲望が過剰に減退することがあります。

基本的に、欲はないほうがラクなのですが、大事な局面のとき、アグレッシブさをプラスしたいときにはお肉をいただくことにしています。受験生が験担ぎにカツ丼食べる、みたいなのと同じことかもしれません。

草食動物はビクビクしているし、いつも逃げている印象がありますね。

ですが私は人間なので、やらなきゃならない、どうしても越えなければならない壁にぶち当たることもごくたまにはあるのです。

そういうときにやる気を起こさせる発奮材料として、お肉をいただきます。必要な野心や

隠居食のこと

これは実は、女優の夏木マリさんのラジオにヒントを得たものです。

夏木さんは、「舞台やライブの前には必ず肉を食べる。攻撃的になることを、体が要求するのがわかる」とおっしゃっていました。

私の場合は、ほっとくと体がまったく要求してこないので、お肉をいただいてアグレッシブにチャンネルを合わせていく、という感じなのですが。

例外として、厳寒の季節にたまに食べたくなることがあります。そういえば冬を乗り越えるって、アグレッシブな感じがする表現ですよね。

そんな感じで、これからもデフォルトは草食、オプションで肉食です。

ハイみなさん。

ここまで書いたら、「この人、セックスの処理はどうしてるの？」とお思いのことでしょう。

え、誰もそんなこと知りたいと思ってないですか？

でも書かないと、この本を買うのに身銭切ってくださった方に申し訳ないかもしれないので、エアリクエストに勝手にお応えしたいと思います。

正直、肉を食べないと性欲は減退します。

性欲って肉欲とも書くくらいですもんね。性と肉には密接な関係がありそうです。
私は玄米菜食にしてからパンダよりちょっと勝ってるくらいに性欲が落ちました。（パンダは年に1～2回しか発情しないそうです。）
仏僧たちの食べる精進料理に肉が入っていないのは、肉を食べると肉欲がつく、というのを知っていたからに違いありません。
ですので、私はデートの前には肉を食べ、叶恭子お姉さまのヤリまくった体験を赤裸々に綴った名著『トリオリズム』を読んで、しっかりとリビドーを高めてから出陣することにしています。

普段の性欲は、電車を待つときなどイケメンの後ろにポジショニングするくらいで解消されます。

あ、ちなみに私はゲイなので、性の対象が男性です。とくに隠してはいませんが、自分から吹聴するのもおかしいし、今みたいにセクシュアリティの話になったら、黙ってるのも変なので正直に答える、くらいにしています。

え、隠居とゲイの因果関係…？ うーん、ないと思います。

閑話休題。

先日、食と性欲についてたいへん深く、いやエロく考えさせられる出来事がありました。日本橋にあるホテルの素敵なレストランで食事をしたときのことです。目の前に供されるアートのようなコース料理を食べながら、食べるっていうのは、こんなにエロいことだったっけ？　と思いました。

だってさ、食べるということが喚起するイメージを、思いつくものから挙げていきますと、くちびる、フォークとスプーン、舌、ワイングラス、指先、などなど。とにかく曲線。そして濡れている。濡れている＋曲がっている＝エロい。

だからねぇ、やっぱり食べながら、ムラムラしましたよね。（笑）料理は食べたあとまで続くもの、というのがこの日の私の発見。食べるというのは、セクシーなこと、の意味を知り、大人の階段をまたひとつ上ることができました。

開高健先生は、「美食と好色は両立しない」と書いておられましたが、私は実際やってみてから判断したいと思います。

健康が一番の節約

健康でいることが、長い目で見れば一番の節約になると思っています。目先の安さに惑わされて悪いものを食べ続けて、結果病気になってしまったら、節約もあったものじゃありません。

そのときにかかるお金と時間と体力を考えると、健康でいるためなら、少しくらいの出費は辞さないことにしています。

仕方がない場合はさておき、自分で防げたはずの病気にまんまとかかり、その治療費の7割が税金で補填されるなんて、各方面に申し訳が立たなさすぎます。できる限り、自分の面倒くらい自分で見たい。

医食同源という古くからの言葉もあるくらいですから、普段口にするもので体調を整えていくことはできるはず。

ですから私は大根など、なるべく無農薬のものを買って、皮はむかずにそのまま調理しますし、葉っぱもゆがいてごま油としょうゆで炒めて食べきります。

かといってすべての食材を、オーガニックとか無農薬にしていたら、私の今の経済力では破産してしまう。

そこで、無理のない範囲で、添加物の入っていないものや、国産のものを選ぶようにしています。

でももし金銭的に難しい場合は、さっさとあきらめると思います。

普通のスーパーでも、よく見ると、同じくらいの価格帯で、国産や化学調味料が無添加のものがけっこうあります。だから食品表示でわかる範囲で確認するくらいで済ませます。

お金はあるけど時間的に難しい、となったら、これもさっさとあきらめて、別の方法を探します。今は食材の配達サービスもありますから、そのなかから国産や低農薬にこだわったものを選ぶとか。

健康のために、完璧にしなくても、自分の置かれた状況で少しずつできることってあると思います。

一番大事なのは、無理がないこと。

とはいえ、私はまだ20代ですから、「健康でいることが一番の節約」になるかどうか、あと30年くらい生きないとわかりませんが。

これから人生をかけて、答え合わせをしていきたいと思います。

ほんとに、伊達や酔狂で隠居はできません。
隠居は一日にしてならず、です。

おいしい野草生活

ずっと不思議に思っていたことがあります。
よく近所を散歩していると、庭に植えた柿の木や、ぶどうの木に実が生っているのに、全然収穫されず、そのまま鳥についばまれたり、腐って落ちてしまっているところを目撃します。他にも、ヨモギやツクシやギンナンなど、季節になるとそこらへんでタダで拾ってこられるものが、結構な値段をつけられてスーパーに並んでいます。
売れるから置いてるんでしょうけど、なぜタダでありがたく手に入るものにわざわざお金を払うんでしょうか。
食べ物は、スーパーで買うもので、そのへんで採ってくるものではない、という考えなのでしょうか。なんか不自然。
昔の人は木の実とか、野草とか、山菜を食べて生きていたんじゃないのかしら。

隠居食のこと

そこで隠居を始めてからものの本などを少しずつ読んで、野草を採ってきて食べるようになりました。

私は昔の人じゃないし、山に住んでいるわけでもないので、東京にいながら、できる範囲で野草狩りを楽しんでいます。

多摩地区は東京とはいえ自然の多いエリアで、注意して見てみると、本当にそのへんに、食べられる野草が生えているのです。

きちんとアクをとり、食べてみると、まあ野趣あふれる味といいますか、生きている喜びに満ちあふれているなあ、という感じでした。素性のよくわからない遺伝子組み換えや、農薬とも無縁だし、言うなれば超オーガニックですよね。

しかも自然は閉店するということがありません。24時間年中無休の青空スーパーがそこらじゅうにあるようなもんです。

もちろん、普通のお店で買う野菜も、都合よく食べてますけど。

ここで、私が実際によく近所で採ってくる野草とその調理法を文章とイラストで紹介したいと思います。

ちなみに、採取する場所や時期は自分の体験に基づいていますので、年や地方によってバラつきがあると予想されます。どうぞみなさんも自分の足で行って、自分の目で確かめてください。

ヨモギ～どこにでもいる、最も身近な野草

3月の初めめくらいから、もうそこいらじゅうで見かけます。食用にはちょっとアレですが、甲州街道沿いにも、アスファルトを突き破ってたくさん生えてます。
食用にできるのは、やわらかい若葉のうちなのですが、この若葉が猛毒草ヤマトリカブトのそれと似ているとか。
と、ここでビビるのは知識だけの頭でっかち。
実際、行ってみるのがポイントです。
よく見れば、ヤマトリカブトは葉っぱが掌状に生えているのに対し、ヨモギは天に向かって葉っぱが伸びています。ヨモギの葉の裏には、白い産毛がびっしり生えています。
他にも、食べられるものは、ちゃんと虫が食っていたり、ちぎって揉むとあの草餅と同じ匂いがしたり……。都会生活ですっかり衰えた五感を総動員させる感じがまた気分がいい。

隠居食のこと

たぶん、ヨモギとトリカブトは本当に同じ場所に生えているので、カマとかで一気に刈ったりすると、紛れ込んでしまう場合があるのかな、と察します。

一枚ずつ、きちんと確かめながら手で摘んでいれば、間違うことはかなり少なくなるはず。

身近に野草に詳しいおじいちゃんとかがいれば、一緒に行ってもらうのが一番ですかね。

ヨモギは、食用だけでなく、もぐさにも使用され、数多くの薬効があります。

葉っぱを揉んだものを傷に当てて止血したり、干したものを風呂に浮かべれば、体を温めたり、毒素を排出してくれるそうなので、私も成長したヨモギはてきとうに刈ってきて、いつでも使えるように陰干ししています。

栄養素でいうと、食物繊維、カロチン、ビタミンKなどが豊富に含まれています。便秘の解消、抗発ガン作用、貧血を予防・改善し、血液をきれいにする、デトックスやダイエット

うぶ毛ふわふわ♡

白いうぶ毛が、裏面にびっしり生えている。

など多方面に効果があるそうです。

ヨモギは苦みもあるし、私は一気にたくさんは食べないので、保存食にして、いつでも少しずつ食べられるようにしておきます。ヨモギは、たいていふりかけみたいにしておきます。

調理法
① まず、採ってきたヨモギを半日ほど天日に干します。
② 塩茹でします。
③ 水にさらします。
④ 醤油を少し混ぜた水に浸けおきします。（醤油の割合は、アクの強さによって変わります。やわらかい若葉の頃なら少しでOK）
⑤ 手で絞って水切りします。
⑥ フライパンで、弱火でかりかりになるまで乾煎りします。（本当は、天日に干すのがいいのですが、水気が完全になくなったら粗熱をとり、保存容器に入れておきます。私のアパートにはベランダがないので、これは窮余の一策。）
⑦ これを、みそ汁でもラーメンでもうどんでも、増えるワカメみたいな要領で何にでもぶち込みます。

108

隠居食のこと

ノビル 〜 薬味にも、酒のアテにも

これも3月から収穫できます。

小さいネギのような感じで、実際匂いもネギっぽいです。

だいたい土壌の豊かなところにふさふさ群生しており、なんか地球の産毛って感じでかわいいです。

根っこが球根状になっていて、これが群生して根を張っているので収穫にはスコップが必需品。根を傷つけないように、周りから少しずつ掘り返します。球根がまだ小さい場合は土にお返しします。

場所にもよりますが、4月くらいまで待ったほうが可食部（球根部分）が大きくて調理しやすい。

軽くゆがいて酢味噌で和えると酒がすすみますが、私はこまかく刻んで味噌に混ぜ込み、漬け込んでそ

ハックン

遠くから見ると...
こんな感じで群生している

のままみそ汁などに使います。

栄養素は、カリウム、カルシウム、マグネシウム、リン、鉄分などミネラルが豊富。高血圧の改善、骨を丈夫にするなどの効果があるそうです。

調理法
① よく洗って、薄皮を剥ぎます。
② ひげ根を切り捨てます。
③ 葉も含めてみじん切りにします。生でも食べられるから、このまま薬味として使ってもOK。
④ 味噌に混ぜ込んで置いておくだけで、薬味のピリッと利いたノビル味噌のできあがり。そのままみそ汁などに使えます。

イタドリ～「痛みを取る」が名前の由来で、漢方にも使われる

4月頃から山や土手などに生え始めます。
高知県では昔から取り合いになるほど人気らしいのですが、他の県ではほとんどほったら

隠居食のこと

かし状態の山菜です。

紫がかった、毒々しい外見ですが、草は見かけによりません。

とにかく成長が早いので、食べごろを逃さないように。

葉っぱが開いてしまうと、もう硬くて食べられません。初めから葉っぱが開いてしまうものもあるのでご注意を。

茎が太く、葉っぱがあまり開いていない、ちょっとタケノコっぽい見た目のものが、やわらかくて食べやすいです。

私の経験では、人がよく歩いて踏みならされているような場所は、土が固く、栄養もそんなにないのか、細くて硬くて食べられないものが多いです。

あまり人の立ち入らないところに太いものが生えていることが多い。だいたい群生しています。

○食べられるイタドリ
・太く、葉っぱがひらいてない
どっしり

○食べられないイタドリ
・細く、葉っぱがひらきまくり
ひょろひょろ

摘むときは、茎をやや上方に引っ張る感じで折り取ります。

このときに、「ポコ♡」と高めのピッチで音がします。「てへ♡」と言ってるみたいでかわいいあんちくしょうです。

私は収穫時にはキッチン鋏を持っていき、使わない先端や葉っぱを、その場であらかじめ切り落としておきます。

生でも食べられますが、かなりすっぱいです。山歩き中に水分補給として食べたりすることもありますが、あまり食べ過ぎるとお腹を下します。

きちんとアク抜きをすれば、おいしくいただけます。

そのままでおかずにしてもいいけど、メンマみたい食感なので、私はラーメンにのせるのが好きです。

調理法
① 皮をむきます。切り口をナイフや爪でひっかけると、するりとむけます。
② むき終わったら、キッチン鋏でペンネくらいの長さに切ります。
③ 軽く茹でます。あさぎ色（薄い緑色）になったらすぐあげて、水にとります。
④ そのまま一晩、ちょろちょろと流水にさらしておきます。

隠居食のこと

⑤ひと晩置いて、かじってみると、酸味が完全に抜けているのがわかります。これをごま油で炒めて、酒、みりん、醤油、砂糖などをお好みで合わせます。

ノカンゾウ、ヤブカンゾウ～見てかわいい、食べておいしい

梅雨の時期になると、膝丈くらいのパステルオレンジの花が群生して咲いているのを見かけることがあります。

ユリに似た花弁で、空に向かってぴよぴよと咲いているさまが可憐でかわいいです。

一重のものはノカンゾウ、それに対して八重咲きのものがヤブカンゾウ。

花が開く直前の、ふっくらしたつぼみをいただきます。

つぼみの見分け方はというと、ノカンゾウのほうが若干スリムです。

ノカンゾウ

ヤブカンゾウは、花弁が八重咲き。

このつぼみを食す。

花がひらいてしまうと、おいしくない。

ヤブカンゾウはどちらかというとぽっちゃりしていますが、食べてしまえば味は同じです。この花たちは民家の庭先とか、土手とか、概して人間の近くに咲いていることが多く、しかも野草にありがちな苦みもまったくありません。食べてくれと言わんばかりです。

そのため、自然のサイクルのうまくいっていない場所では、アブラムシに超絶たかられてかわいそうです。

変な虫がつくまえに、おいしく食べてあげましょう。

ちなみに、春の若葉も生食できるそうなのですが、私はまだ試したことがありません。ノカンゾウのつぼみをふかして天日に干すと、金針菜という中華食材になります。ビタミンA、B、C、そして鉄分が豊富で、漢方薬にも使われるとのこと。

ところでカンゾウ系の花の和名を「ワスレグサ」と呼び習わすそうで、これは一日だけしか咲かなくて、すぐに忘れられてしまうから、らしいです。儚(はかな)っ！

なんかこう、私の中にある日本人の情緒に訴えられまくりです。

私が野草のなかでもとくに彼らを好きなのは、こういうところに起因しているのかもしれません。

うちの近所に咲いていたワスレグサは、余裕なカオで何日か続けて咲いていたような気がしますが、見なかったことにしたいと思います。

真実というのは、知らないほうがいいこともあるのです。

オオバ〜さわやかな香りで夏を乗り切る

調理法
①水でよく洗います。
②フライパンにごま油を熱し、炒めます。
③塩コショウして、はいできあがり！

これって野草なの？　とお思いの方もいることでしょう。
はい、野草です。うちの近所でも、道端のアスファルトを突き破ってばんばか生えてます。
すごい生命力！
6月の終わりぐらいからだんだんと顔を出し始めます。
鼻を近づけてみると、あの独特のさわやかな香りがするのですぐわかります。
私はこの香りがめっちゃ好き。まさにジャパニーズ・ハーブ！
散歩していて、オオバを見つけると、必ず立ち止まって香りをかいでしまいます。

若葉の頃はやはりやわらかくておいしいですね。観察してみると、生え始めの頃は元気いっぱい！虫たちが飽きてきた頃を見計らってさらにどーんと成長する…、という作戦のようです。頭いいね！　そのうちに虫に気づかれ、食べまくられ、

オオバも、アクがなくて食べやすい、超かわいい野草のひとつです。

だって野草にしてみたらね、アクや苦みっていうのは外敵から身を守る手段であるわけです。

前述のノカンゾウとヤブカンゾウもそうでしたが、アクがまったくないっていうことは、私たちは食べられてもいいから、あなたは元気になりなさいっていう博愛の精神に満ちているということです。

言うなれば野草界のあんぱんまんなのです。私は近所の庭で育てている家も多いみたいで、

・表面が
　ざらざらしている。

・見つけやすい
　ので、初心者
　向き。

家で大量のオオバを見つけたとき、ピンポン鳴らして「オオバ摘んでもいいですか？」って聞いたら「好きなだけどうぞ」と言ってくださったので、たまにそこからもいただいています。

栄養価としては、鉄分、カリウム、カルシウム、ビタミンB・Cなどが豊富。夏バテ防止に効果的、だそうです。

夏の暑い盛りには、冷奴とかの薬味にしてもおいしいんだけど、私は炒め物の最後のほうに香りづけに入れるのも好き。ですので、ここではよく作るスパゲティのレシピを公開します。

調理法
① オオバをよく洗います。
② フライパンにごま油を熱し、てきとうに切ったにんにくと玉ネギを炒めます。別の鍋で同時にスパゲティも茹でときます。
③ みじん切りにしたオオバと、梅干を種ごとフライパンにぶち込み、くずしながら軽く炒めます。
④ スパゲティが茹で上がったら、湯を切ってフライパンに入れます。
⑤ めんつゆをからめます。

⑥皿にうつし、仕上げにかつおぶしとか、のりをちぎってのせてもうまし。

ギンナン〜エロカッコイイ隠居の食べもの

春が野草の季節なら、秋は木の実の季節です。

ギンナン拾いは、台風など強い風が吹いた翌日が狙い目です。

時期としては、まだ葉っぱが緑色をしている10月の早い時期から拾えます。葉っぱが黄色くなった頃に拾いに行っても、実はもう遅い。その頃には人に踏まれまくって食べられる状態じゃないものが多いです。

また、イチョウの木には性別があって、実をつけるのはメスのイチョウだけ。葉っぱの先に切れ込みがあるのがメス、ないのがオス、と見分けるそうです。

素手で拾うと手がかぶれるらしいのですが、わざわざ軍手や割り箸なんて持っていかなくても大丈夫。

私はそのへんに落ちている葉っぱでうまいこと挟んで拾っちゃいます。

このとき、なるべく大きいものを拾うようにしましょう。中の種を食べるものなので、小さいものは実を取ったときに食べられる量がごくわずかになってしまい、物足りません。

隠居食のこと

持っていく袋はビニール袋よりジップロックが個人的にはオススメ。

バケツ一杯拾っていく人もいるようですが、私は一人暮らしだし、下ごしらえに手間もかかるし、人にあげるにしても限界があるので、ジップロックがちょうどいいです。

きっちり口を閉められるので、臭いがもれることもありません。

ギンナンがあまり拾われない理由として、食べられる状態にするまで、あのきっつい臭いと格闘しなくてはならないから、というのがあるように思います。

まず水につけて実を腐らせなければならないのですが、バケツに水を張って入れておくと部屋の外まで臭いがしてしまい、アパートなどでは近隣住民に迷惑がかかるのではないか……というような懸念も聞かれますが、ここでもジップロックを二重、なんなら三重にしておけば大丈夫です。

実をとると肌色

カラを割るとヒスイ色…。超キレイ。宝石か！

黄／オレンジ

2cmぐらい

私自身、ワンルームのアパートに住んでいますが、部屋の外どころかジップロックに鼻を近づけてやっとかすかに臭いがわかるぐらいのものでした。

そういえば、元祖エロカッコイイ作家の今東光先生が、ギンナンをバターで炒めて食べると精がつく、と説法でおっしゃっていました。

私もエロカッコイイ隠居を目指して、これからもコツコツ食べたいと思いますが、なにぶんフライパンで炒めるのがめんどうくさいのでいつもレンジでチンしてしまいます。

めんどくさいという姿勢が、およそセクシーではないとは知りつつ……。

ピスタチオみたいな殻をパキッと割って、中から出てくる翡翠色のギンナンはほんとに美しくて、ずっと見ていたいくらいです。

栄養価としては、カリウム、マグネシウム、鉄分豊富で骨を丈夫にし、カロチンやビタミンCも豊富。

咳止めや、夜尿症の民間療法としても食べられるそうです。

また、精がつく食べ物のため、子どもが食べると中毒になって鼻血が出るので注意が必要です。

調理法

① 軽く洗って土を落とし、水と一緒にジップロックに入れておきます。（臭いがもれないように、二重三重にしておくのがおすすめ）

② 1週間くらいして実がやわらかくなってきたら、ジップロックの上から指で実をつまんで、種を押し出します。

③ 種の水分がなくなるまで、フライパンで弱火にして乾煎りします。（これもできれば天日干しが良い）

④ 食べたい分だけ封筒に入れて、レンジでチンします。あまり熱しすぎると黒くなって食べられないので、2～3個破裂したくらいで取り出します。

⑤ ペンチで割っていただく。

ところで、アメリカ原住民の人々が、野草を採取するとき、感謝をこめて祈りの儀式をする、という話を聞いたことがあります。この儀式をするのとしないのとでは、薬草の効果にも歴然と差がでるとか。

だから、というわけでもないのですが、私も野草を採りに行くときは、忘れずに感謝をす

ることにしています。

それから、来年のためにも、他の人のためにも、自分が食べられる分だけいただくこと。そして小さなビニール袋を持っていき、ゴミを拾って帰ること。これは山ガールの友人が実践していた、「来た時よりもきれいに！」精神をパクったものです。

自分で食材を採りに行くと、食べ物って人間がゼロから科学で作ってるんじゃなくて、自然からのいただきものなんだと実感できる。

手間のかかる下処理をしていると、スーパーに並んでる食材も、勝手に食べられる状態で並んでるわけじゃないんだと、当たり前のことをありがたく思えるってもんです。

そんなことがわかるのも、草摘みの収穫のひとつかと思います。

興味のある方は、きちんと下調べをして、自己責任で楽しんでくださいね。食あたりを起こしても、私は責任とりません。

ある週の献立

おまけです。ある一週間の献立を記録してみました。

隠居食のこと

こうして見てみると、基本的に玄米菜食といっても、かなりジャンクなものを外食で食べているときもありますし、家でラーメンを食べたくなって、パパッと作ることもあります。超健康かといえば、そういうわけでもないみたいです。
手間ひまかけないために2食分一気に作るので、一度作るとしばらくそれをレンジで温め直して食べ続ける傾向が。外食と併記のあるもの以外はすべて自炊です。

あと、ほぼ毎日、おやつに紅茶とお菓子をすこし食べています。
愛知県人としては、やはりしるこサンドが永遠のブームです。
しるこサンドというのは、1966年に発売されて以来、浮世の流行にまったく左右されることなく、変わらぬ味を貫いてきた、松永製菓のお菓子です。
北海道産のあずきと、りんごジャムと、はちみつが、多すぎず少なすぎず絶妙のバランスでビスケット生地に挟んであり、飽きることがありません。
しるこサンドの偉大なところは、紅茶にも、日本茶にも合うということです。
そんなお菓子が他にありますか。探せばありそうですよね。
最近のしるこサンドは、コンビニの100円シリーズにもラインナップされ、東京でもそこらじゅうで見かけるので、嬉しいかぎりです。

主食は国産米。日本人には米が一番です。私も若い頃はシリアルとかパンを朝食に食べていましたが、すぐに消化してしまい、たてい昼前に力尽きていました。あるとき玄米にしたら、まあ腹持ちが良くて驚きました。昔の人はこれを食べて、コメ俵を担いで山道を登っていたのですね。

今、好んで食べているのは無農薬の国産玄米です。

おそばも好きです。ほとんど毎日食べます。おそばは日本の偉大なファストフードです。あんなに安くて早くてうまくて健康にもいいもの、海外で見たことありません。食欲のないときでもつるっと食べられるし、どこで食べてもそれなりにおいしい。まずいおそば屋さんには出会ったことがありません。

木曜・朝　玄米、ノビルのみそ汁、たくあん
　　昼　ヨモギのかけそば
　　夜　ニラレバ定食（外食）

金曜・朝　玄米、ノビルのみそ汁、たくあん
　　　昼　ヨモギのかけそば
　　　夜　玄米焼きおにぎり、ラーメン（イタドリ炒めのせ）
土曜・朝　クロワッサン、コーヒー
　　　昼　きつねうどん、サラダ
　　　夜　スパゲティ（ポモドーロ）、赤ワイン
日曜・朝　玄米、ノビルのみそ汁、たくあん
　　　昼　ヨモギのかけそば、玉ネギの酒蒸し
　　　夜　スパゲティ（ポモドーロ）、赤ワイン
月曜・朝　玄米、ノビルのみそ汁、たくあん、さんまの味噌煮
　　　昼　ヨモギのかけそば、玉ネギの酒蒸し
　　　夜　トンテキ、すし、鶏のからあげ、ワイン（外食）
火曜・朝　自家製全粒粉スコーン、紅茶
　　　昼　ヨモギのかけそば、さんまの味噌煮
　　　夜　梅玄米チャーハン
水曜・朝　自家製全粒粉スコーン、紅茶

昼　ヨモギのかけそば

夜　カレーライス

自分ではとくに禁欲的とも思っていないのですが、友人宅でタニタの体脂肪計に乗ってみたら、体内年齢18歳（実際は20代）、体脂肪率6・9％（平均は17〜21％）、内臓脂肪は1・0（標準は9・0）という数値でした。

さしたるエクササイズなどしていないのに、このようなアスリート並みの数値が出たのは、やはり食生活の賜物というべきか……。ま、そんなのはどうでもいいんですけど。

隠居に至るまで

ハッピーだった
ひきこもり時代

本まじ
おもしれぇ

ニャニャ

←これからよむ本

3年間ひきこもってみて感じたこと

人生で初めて隠居っぽいことになったのは、18歳のとき、ということになるでしょう。私は高校を卒業していましたが、大学に進学することもなく、就職もしませんでした。その理由は、何がしたいのか自分でも思いつかなかったからです。正直、どんなに頑張ってひねり出そうとしても、とくにありませんでした。

当時はこのような結論に達しました。この他力本願というか、果報を寝て待つ態度は今もちっとも変わりません。

「進学も就職も、なんか違うなぁ〜」とか思っているうちに志願の期限も過ぎてしまい……。まあ、やりたいことが私にやられたいなら、あるとき向こうからやってくるだろう。ひねり出そうとしている時点でヘンである。何もないなら何かそのへんのことをやっとけばよし！

いずれにせよ、大学に合格したとしても学費を4年間も払ってもらえるほど裕福な家庭ではありません。

幼い頃から「高校を卒業するまでは面倒見るが、あとは親に頼らず勝手に生きていけ」と申し渡されていたので、とくに不公平とも感じず、「ふーん、人生そんなもんかねぇ」ぐら

しかし、やりたいことがなくても、生きていくのには食べなければならないし、食べていくのにはお金がかかります。

それに、いざ何かをしたいとなったら、きっとお金は必要になるだろう。食い扶持と、何かやりたいことがやってきたときの貯金のために、とりあえず高校在学中から働いていたコンビニでアルバイトを続けることにしました。

高校を卒業してから2ヶ月が経った頃でしょうか。ただでさえあまり鳴らなかった携帯が、死んだように静まり返っているのに気づきました。それで、それまでの付き合いを振り返ってみようと思って、携帯のアドレス帳をさらってみたのです。

学校だけの友人が8割でした。

たしかに、卒業してしまったので、もうお互い連絡を取る必要がありません。卒業後も引き続きお付き合いをしたいと思う人もとくにいませんでしたから、そりゃ携帯も鳴らないわけです。

使わないのに、持ってるだけでお金がかかるなんておかしいし、だいいちお金がもったい

この携帯電話とかいう代物は、もしかして今の私には無用の長物なんじゃないか？ などとうっすら感じていたところへ、当時契約していた携帯会社から、「料金プランが改訂されることになったので、契約期間の途中でも違約金なしで解約できます」というハガキが届きます。

それで渡りに船、とばかりに携帯を解約してしまいました。

果たして、何にも困らないのです。

結局、高校卒業から数ヶ月で、周りから人が波のように引いていきました。

でも旧知の友人たちは家の固定電話に、ときどき「元気？」と電話をかけてきますし、彼らとは、今でも実家に帰る折など、連絡を取り合っています。

ぶっちゃけ、こんなラクなことはないな〜、と思いました。

だって、自分に必要のない人が、携帯を持っていないというだけで、頼んでもいないのに離れていってくれるんですよ。

なぜか人は携帯を持っていると、夜中でもなんでも相手の都合にかかわらず電話をかけてもいい、と思ってしまう傾向があるようで、これも私が携帯をあまり好きではない理由のひとつでした。

それが固定電話になるだけで、「○○ですけど、ヘンリくんはいらっしゃいますか？」「今大丈夫？」とかちゃんと言うんですよ。

なんで携帯だからってその一言を飛ばすんでしょうか。

携帯を持たないだけで、いつでもどこでも馴れ馴れしく連絡をされることがなくなり、これは精神衛生上とてもよかったです。

電源切っとけばいいじゃん、という方もいると思いますが、電源切ったってお金は発生してますからね。

結論。やっぱり携帯、いらないじゃん！

それ以来、携帯電話を持つのはキッパリやめました。

こうして、だんだんと、アルバイト以外の時間をほぼひとりで過ごすようになっていきました。

もともと自分といるのが快適なので、私にとってはとても自然なことだったのでしょう。

ひとりで本を読んだり、ひとりで料理をしたり、ひとりで音楽を聴いたり、ひとりで映画を観たり……。

光陰は矢の如しとはよく言ったもので、気がついたらなんと3年もの月日が経ち、私は21

歳になっていました。

ひきこもりを経験してから、人生には大洗濯（大選択）みたいな時期が、定期的にやってくるのだと、なんとなく思うようになりました。
体に溜まる垢と同じで、ほうっておくと、人生にも老廃物みたいなものが溜まってしまう。
そういう、要らないものを切り捨てて、本当に必要なものを選ぶ時期が、あるのかもしれません。

今振り返ってみると、私にとってひきこもるというのは、そういう意味があったと思います。
気がつかないうちに自分を囲んでいたたくさんのものに、これは必要か？ とか、本当に好きで一緒にいるのか？ とか、いちいちイヤになるほど問いかけて、好きの純度を上げていく感じ。

不要物をガンガン拒否して、あとに残るのは、少ないけれど本当に好きなものだけに囲まれた、超シンプルな生活でした。
もしかしたら、自分が置かれている状況それ自体には、いいも悪いもないのかも。
その人にとって、それがどういう時期かっていうのは、周りが決めるのではなく、本人が自由に解釈すればいいことなんだな～、と今つくづく思います。

誤解のないように言っておきたいのですが、私自身、何か問題が起こったとき、毎回そういう賢者のような判断ができているかといえば、まったくそんなことはありません。

こういう物事の見方や気持ちの持っていき方は、慣れたり身についたりすることはないように思います。

なぜなら、世の中は手を変え品を変え、いろんなことが起こるし、判断力の有無って自分の精神状態によっても違うからです。

とくに弱っているときはつけこまれやすい。

私の経験上、こういうときに独断で決めると、ろくなことがないので、とりあえず2年ぐらい保留にしたりとか。

このように、毎回、直感と経験をフル活用して、自分を見失ってしまわないように真剣勝負です。

そしてけっこう負けることもあり、よほど注意していないと気がつかないうちに流されてしまうのが人間の悲しい性（さが）といいましょうか。

傍から見たら、高校を卒業した心身ともに健康な男子が、就職も進学もせず、外にも出ず

友達もおらず、ってお前大丈夫か？　と心配してしまうのも、今ならわかります。そりゃそうですよね。

ですが、常識的に見たら暗黒時代のようでも、過ぎてみたら意外に、ただそういう時期なだけでしたよ〜、と当時私を心配してくださった方々に伝えたいです。

というか、むしろ楽しかったし、本人にとっては、ひきこもり期はあっさりとして明るい思い出ですらあるんです。

たぶん、その他大勢のひきこもりとちがうのは、私は厭世的になっていたわけではない、ということでしょうか。

誰にも会わず、外にも出かけず、ただひとりでいることに熱中するのは、どこまでも限りなく楽しい体験でした。

相反する概念のようですが、ポジティブなひきこもり、とでも呼んでおきましょう。

そんなわけで、私にとっては、あのモタモタしていたモラトリアムな時期に得たものって、すごく大きかったと思う。

テレビも観なくなったし、携帯も持たなくなったし、自分にとってどうでもいい人間とは付き合わなくても平気になったし、必要以上に働かなくても生きてはいけることもわかったし。

134

します。

という自分をないがしろにしていたら、あとから何倍も大変になって返ってきたような気がします。

周囲がどんどん就職や進学をしていくのに流されて、「今は何をしたいか思いつかない!」

でも、私はあの大洗濯の時期に、早いうちに向き合っておいてよかった。

って垢を落とさなくても、さすがに死にゃあしません。

ポイントは、本気で取捨選択をしなくても、生きてはいけるということです。お風呂に入

与えられるのではなく、自分から選び取って人生を作っていくことの快感を知ったのかもしれません。

そのおかげなのかわかりませんが、私には今、地位も肩書きも名誉もお金も、不満も不幸も不足も、何にもありません。

何にもないのに、とくに怖くもないのです。ていうか、何にもないって超ラク!

ですからこれからも、物質的なことだけでなく、自分にまつわるすべてのことで何かが増えるのは、考えるだにめんどくさそうなので、できれば遠慮したいです。

むしろ、何かを得たり、所有なんかしたら、それが大きければ大きいほど責任もあるし、たぶん税金とかも発生するし、しがらみや心配しなきゃいけない事柄が増えるだけで、そっ

ちのほうが大変そう、と思ってしまいます。衣食住さえ足りてれば、それ以上の何かのためにですからもし、今私とお付き合いのある数少ない奇特な方々が、あくせく働くこともなし。力をとっぱらって最後に残る、一個の人間みたいなことに興味を持ってくださっているとしたら、こんなに嬉しいことはありません。

それがいいことなのかどうかと聞かれたら、私にはちょっとわかりません。最近は、いいもわるいも、ほんとはあんまりないような気もするし、そもそも決める必要ないんじゃないかしらん。
今はもう、生きてることだけが目標みたいなもんですので。無欲なのが偉いとは思わないから、こういう生活を人に勧めるつもりもないし。
かといって毎日働いてるほうが偉いとも思わないから、会社にきちんと勤めよう！ともなりません。
すべては、なんかこうなっちゃったことだし、どうでもいいような……。

何にもないっていうのは、大きな喜びもない代わりに、そんなにつらいこともなく、毎日

淡々とゆるやかに笑っていられる生活です。

だって、もうこの歳になったらね、大きな喜びなんて体に悪いんですよ。私の隠居生活が本になることですらびっくりしているのです。低め安定最高！

えー、このあたりの人生に対する構え方も、隠居生活に確実に引き継がれているように思います。

口が退化しはじめる

3年間の極楽ひきこもり生活を終えたきっかけは、失語症気味になったことでした。その頃、私生活であまりにも他人と話す機会がないので、頭で考えていることが、だんだん口から出てこなくなってしまったのです。

家族も全員働いていたし、生活のリズムがそれぞれ違うので、ほとんど顔を合わせて話すこともない。

ですからアルバイトが休みの日など、一言も言葉を発しないまま一日が終わるということも珍しくありませんでした。誰にも会わずに、自分の好きなことだけをして終わっていく一日。まじサイコーです。

ところが、ひきこもりとはいえ、年に1、2回は止むに止まれぬ事情で人と会わなければいけない局面もあるものです。

職場の忘年会とか、新人歓迎会の出欠を突然問われて欠席する理由が思いつかず、うっかり行くことになってしまいました。

あるとき、極力断ってはいたのですが……。

不自然でない欠席の理由を捏造するには時間や労力がかかりますので、こういうのはメールで聞いてもらえると助かります。

さて、新人歓迎会は私の苦手な小うるさいチェーンの安居酒屋で開かれました。

私は目立ちたくないので必死に存在感を消していましたが、急に自己紹介を振られ、

「え……うー……」などと、どもってしまい、まったく言葉が出てきません。

名前と、よろしくお願いします、だけ言えばいいんだ……。

と、頭では考えているのに、口がうんともすんとも動かないのでした。

焦れば焦るほど、ますますわからなくなり、変な汗が出てきます。

私が押し黙っているので、仕事のできるベテランのアルバイトが速やかに空気を読んで、私の苗字と「よろしく」だけ代わりに言ってくれました。

助かった〜、と思いました。

その後も、優しい人たちが、よせばいいのに気を利かせて私に話を振ってくれたりするもんだから、私はアホみたいに押し黙ってしまい、「何この人……」的な空気が漂い、場を散々白けさせて解散の運びとなりました。

不思議なのですが、仕事の接客用語などは、つらつらと出てくるのです。もう立板に水です。たぶん、接客用語なんてだいたい言うことは決まっていますから、紋切り型の文言はすぐに出てくるけれど、頭で考えたことを言葉にして人に伝える、という機能が衰えてしまったのだろう、と私なりに合点しました。

やばい、このままでは、マジで失語症になってしまう……。

3年間ひきこもって、やっと焦りが出始めました。そろそろ外に出なくては。

けれども、ひきこもり生活は快適です。

日本にずっといたら、この愛すべき生活を捨てることは難しい。

こりゃ、世界一周でもしとくか。

このように考えました。

ひとりで海外を旅したら、ちょっとやそっとでは戻ってこれない距離だし、人と話さずには済まされない局面に立たされまくるだろう、と。ちょっとした荒療治です。

そんな矢先、ふらっと入った本屋で、『世界一周しちゃえば？』(高橋歩著・A-Works・2005)という本が目に飛び込んできました。世界一周経験者の話をまとめたもので、早速買って読んでみたら、まあ私にも、できるっちゃできそうです。

スーパーでのバイトをちょっとかけもちしたりして、その間にパスポートやビザ、世界一周航空券の手配をし、4ヶ月後にめでたく出発したのでした。

ハタチ過ぎたら人生引き算

ひとりで旅に出ると決めたとき、親にはすごく反対されましたが、無視して勝手に準備を進めていたら、「言ってもムダ」とだんだんあきらめられました。

私はなんでもそうだけど、今やりたいと思ったら、その気持ちが旬のうちにやりたいのです。

若い人には未来がある、などと世のオッサンたちは口を揃えて悠長なことを言いますが、私にはそうは思えませんでした。

折しもアルバイト仲間が、突然交通事故で亡くなる、ということがあったのです。

しかも彼は私より二つほど年下でした。

人間って、順番通りに行くわけじゃないんだ……。

不慮の事故や病気で明日死ぬかもしれないのは、若者でも老人でも同じです。年齢は関係ありません。

だったら、今日「何ができるか」と考えるよりも、「何はしなくてもいいか」と消去法で考えてみたほうが早いかもしれない。

そんなふうに感じたのでした。

当時の私で言えば、明日死ぬかもしれないとしたら、今すぐに「進学はしなくていい」「就職はしなくていい」「結婚はしなくていい」「貯金はしなくていい」「人付き合いしなくていい」などなどです。

「親の期待に応えなくていい」

この、今すぐやらなくていいことのオンパレード！

もしかして、人生の8割はしなくてもいいことでできているんじゃないのか？　とすら思

そういうわけで、私の好きな言葉は「ハタチ過ぎたら人生引き算」。あれもできる、これもやりたい、などと足し算で考えていくと、本当に一番やりたいことがどれなのか、他のものにまぎれてどんどんわからなくなってくること、たまにないですか？

そんなときは、消去法にしてみるといいかもしれません。

今すぐやらなくていいことを、バシバシ引いていって、あとに残ったものからどうしても死ぬ前にやっておきたいことだけをするのです。

そしたら、今夜いきなり死神が遊びに来ても、まいっか、とりあえず入れよ、と迎えられそうですよね。

これは今でも私の行動基準みたいになっていて、やりたくないことはやらないし、付き合いたくない人とは付き合わない。

でも一文無しになって明日以降も生きちゃったら、恐ろしいことになってしまうので、念のため、人に迷惑がかからないように貯金は使い切らないことにしています。

旅とひきこもりの共通点とは

いろいろ行きましたが、一番思い出に残っているのはロンドンです。なりゆきで住み着いてしまいました。

繁華街ＳＯＨＯのインターネットカフェで働き始めて少し余裕ができた頃、ふと、あれ？と思いました。

私はひとりで旅をしていたんじゃなかったのか、と。

その頃の私の生活はといえば、食うに困らない程度に仕事をし、休みの日は古本屋で安く買ってきた本をひきこもって読みあさり、セインズベリーというスーパーに行って食材を買っては自炊し、硬水で淹れたおいしいミルクティーを飲み、たまに数少ない現地人の友達から「元気？　遊びに来るかい？」と電話があれば会いに行ったり……。

気づいたら、日本にいた頃とほとんど変わらない、地味ハッピーな生活を送っていました。

そもそも、なんでこんなことに？　と思い返してみれば、ロンドン初日に宿が取れず、ナ

イトクラブで夜を明かしてたら、なぜか友達ができて、彼らが家に泊めてくれたんだし。仕事は自分で見つけたけど、道端の看板持ちを始めて1週間で店内スタッフに昇進させてもらえたのは、ぐうぜん店にいたマネージャーとだべってたら気に入られちゃったからだし。当時住んでいたフラットだって仕事仲間のメキシコ人の紹介だったし……。助けが助けを芋づる式に呼んできました。

だいたい、それまでの旅だって、ひとりで旅してるように見えるけど、オーストラリアでパスポートをなくしたときも、ニュージーランドでヒッチハイクしたときも、ハワイでなぜかまた他人の家に泊めてもらったときも、必ず誰かが私を助けてくれていました。そういえば日本でひきこもっていたときだって、炊事や洗濯や郵便物の受け取りをしてくれていた家族はいつもいたわけで。

なんか、そう思うと、自力でやってることってあんまりないな～、と思ったのでした。

結論。

世界一周、本当に行ってよかった！

一番の収穫は、一人旅もひきこもりも、みんながいてこそできる、というのがわかったこと。

状態としてはひとりかもしれないけど、そういう環境を作ってるのは私と周りのみんなですからね。

振り返ってみると、実はたくさんの他人の力があってこそ、旅を続けることができたわけです。

当たり前だけど、なんとありがたいことか。

そういう意味では、ひきこもりも同じこと。これは発見でした。

人はひとりだけでは、旅をすることも、ひきこもることもできないのです！

いやあ、あのままずっとひきこもってたら自分ひとりで生きてるような顔したオッサンになってたかもしれないと思うと、ほんとに、空恐ろしいです。

私が今まで目立った努力もしないで、それでも生きてこられたのは、周りの人のおかげに違いありません。

他力本願バンザーイ！

とくに目的もなく上京

世界一周ぷらぷら旅して、この地球にはかくもたくさんの生き方や価値観があるのだと知りました。

それってなんて豊かなことなのだろう！

ところが旅を終えた当時の私の目には、なぜか故郷の田舎は多様性を許さない町、としか映りませんでした。

男は高校を卒業したら大学に行って、大学を出たら正社員として就職して、3年ぐらいしたら結婚して、子どもを生んで家庭を支えていくもの。

当然、いつまでもアルバイトをして、海外をほっつき歩いているような人間には、優しくありません。

いや、今思うと、実際はおもしろがってくれる人も少しはいたので、ほんとは全員がそんなふうではないでしょう。

そこからはみ出したいわけじゃないのに気がついたらはみ出しちゃってることが多い私は、

「お前はおかしいんだ」と町全体から威圧されてるような気がして、どうにもこうにも居心地が悪かったのでした。

現在はというと、どこに行ってもマイノリティはいるし、あらゆる分野でマイノリティじゃない人っていないし、だからまあべつにいいじゃん、と思えるようになったのですが、まだまだ青臭かった私にとって、田舎というのは、「マジョリティしか存在できない場所」だったのです。

旅人としてこの町を訪れていたら、それもまた多様性だよね、という見方ができたのかもしれません。

ほんとに、ただ旅するのと住むのとは、全然違うんですよね。だったら、許せる距離まで離れてみよう！

住人としてそこに同化するのはちょっと無理でした。

そう、旅の途中で外国のいろいろな街に住み着いたもんで、べつに生まれ育った土地でなくても住めば都になるということを、このときの私は経験として知っていたのです。

それで、さっさと引っ越すことにしました。

どうせなら、すぐ近くの名古屋なんてケチくさいこと言わずに、一番おもしろそうな街に行ってみよう！　というわけで、選んだのが東京でした。

来し方を振り返ってみるに、私が何かを始めるとき、目的とか結果をまったく気にしていないことがわかります。

強いて言えば、それをやることだけが目的で、結果が残ったら残ったでいいし、残らなくても全然OK、というスタンス。

しかし、自分はそれでよくても、不思議なことに他人が納得しないんですね。

「何のためにいくのか」「行っていつまでに何をするのか」と聞かれても、あなたの人生じゃないのに…、とは思ってもさすがに言えないので、「行ってみないとわからない」としか答えられないのですが……。

そのあとに続くのは、「いつまでもそんなことしてないで正社員になったらどうだ」的なことと相場は決まっています。

そして、それに対する答えも、いつも決まっています。

「言われた通りにして私が人生間違えたら、この人、責任とれるのかな?」そんなの、無理ですよね。

その人がその時どきで一番いいと思う方法をとった結果なのでしょうが、良かれと思って言ってるからこそ、タチが悪いこともある。

だから、それはまあ、しゃーない。

148

隠居に至るまで

それに、人に言われたからっていうのはラクだけど、私は自分で何かを選ぶときの、誰のせいにもできない、後にもひけないシビれるような緊張感が好き。

どんなにラクなのが信条でも、あの楽しさだけは譲れません。

いつでもどこでも、なんでも自分で選びたいっ！

そして、個人的にもうひとつ大事だと思うのは、今すぐなんでも白黒つけようとしないこと。前のページで、自分の状態をいいかわるいかいちいち決めなくてもいいと書きましたが、これは自分以外のことにも応用できます。

たとえば「どちらが正しいか」みたいな話になったときって、突き詰めていくと必ずケンカになるし、終わらないような気がする。

私は議論をしたことがないし、異論があっても「ふーん、そうなんだ〜」と思うだけなのですが、「それはイエスかノーか、どっちなんだ！」みたいにキレ気味に言われることがあります。

私は、どっちでもいいんじゃないかしら？　と思っているので全然話がはずみません。

いろいろとうにしておくと、わりとケンカにも発展せずにのらくら生きていけます。

こういう、今すぐ結果を欲しがる人を、私は急性白黒症候群と呼んでいますが、ものすご

人を巻き込んでくるし、身近にいたらほんとにめんどうくさいし、非常に疲れます。(私は疲れるけど、本人はイキイキしていることが多いです。いろんな人がいる……)

どうやら私は、長い人生をなるべく疲れずに歩き続けられることをよしとしているようです。

このようなとき私は、前述の近寄りたくないオーラをビカビカと発しまくります。

説明のつかないことや、理解を超えているもの、割り切れないものがなんとなく怖く感じられ、無意識に拒否していたのかもしれません。

今は、世の中ってそんな単純なもんじゃなくて、こっちは100％白であっちは100％黒、とハリウッドのヒーロー映画みたいにキッパリ決められることってほとんどないんじゃないかな〜、と思うようになりました。

ていうか、今はグレーゾーンの豊かさや妙味やおもしろさなんて、子どもにはわかんないよね〜、と若かりし自分を上から目線で眺めています。

そのうち、自分が正しいとか間違っているとか言われても、「なんか言ってるな〜」ぐらいになればしめたもの。

かくいう私も振り返ってみれば、若い頃はなんでもキッパリ、ハッキリしているほうがいいに決まってる！　曖昧なのはわかりにくいからダメだ！　と思っていました。

150

隠居に至るまで

受け入れるというのともちょっと違っていて、遠くからただ眺めているようなイメージです。エラい人が、不祥事の責任の所在を曖昧にしているのを見ると、さすがにイラっときますが、悪用しなけりゃこんなにラクなことはありません。

人間は玉虫色なのです。

余談ですが、以前、アフリカの蟻塚の話を聞いたことがあります。

アフリカの蟻塚の中に住んでいるアリのうち、個体数に関係なく7割は自分の生まれた蟻塚の中で生涯を終える。けれども、残りの3割のアリは、外に新しい環境を求めて、生まれ育った蟻塚を出て行ってしまう。

その割合が、昔、満州やハワイ、ブラジルなどに移住していった日本人の割合と同じである、という内容でした。

言われてみると、田舎の同級生にも多少は当てはまるような気がします。

一生地元で暮らす人と、与えられたものに飽き足らず外に出ていく人。

私は、後者をオモシロ要員と呼んでいます。

この人たちは、杓子定規の価値観に当てはめようとすると、徒労に終わり、周りが疲れますが、放っておくと、いつか何らかの形で、おもしろいことをしでかすかもしれません。

151

ですから、こういう人が身内にいたら、放し飼いにしておくのが一番です。これもまたどちらが良い悪いという話ではなく、出ていくアリと、残るアリと、あと若干名の隠居するアリと、全部があって、地球の蟻塚はできている、ということなのです。

旅を終えてからは、すっかり海外にも行かなくなりました。もちろん、そんな大金がないから、という金銭的理由もあるのですが。

お金があれば行くかもしれませんが、あっても行かないかもしれないし、今はどちらでもいいような気がします。

毎日の散歩コースだって、よく見たらけっこう風景も匂いも違うし。今はもう、どこにいても旅と思えば旅、みたいな感じです。心のスイッチ入れるだけっていうか。

だって世界中いろいろ行ってみたけど、どこに行っても空は青かったし、夜になったら月は出るし、その下で人は暮らすんだし。

考えてみたら当たり前のことだけど、だからごはんが食べられて、毎日楽しく過ごせたら、どこにいても何をしていても同じかもな、と思うようになりました。

隠居への手探り

さて、いざ東京に出てきて、何に驚いたって、生活するだけでお金が膨大にかかることでした。

とにかく家賃が高い！

私はロンドンでフラットをシェアして住んでいたので、ひとりでアパートを借りるよりもシェアするほうが慣れているし、安心感があった。

ネットで見つけて初めて住んだシェアハウスは、杉並区の閑静な高級住宅街にありました。家賃は共益費も含めると7万円。さらにガス電気水道代などを折半します。

だけど、イギリスポンドが世界一高い通貨だった当時のロンドン中心部でさえ、キングサイズの部屋を月額約5万6000円（時価）で借りていたのですから、4畳半の小さな北部屋が7万円なんて、どう考えてもおかしい。

しかも、アルバイトを始めた駅前のコンビニがめちゃくちゃ忙しく、昼ごはんを食べる時

間がない。

それでも昼のピークを過ぎてから、「休憩、とっていいですか?」と店長に聞くと、「空気読めよ」的な視線で、必ず睨まれます。

だけど、ハラが減っては仕事はできません。

仕方がないので、節約のために作ってきたサンドイッチを、客のいない隙に事務所で超速で食べて、いや飲んでいたら、あえなくバレて、「誰が休憩とれって言った?」とキレ気味に言われました。

キレながらも若干嬉しそうでイキイキしていて、ちょっと怖かったです。

なんだろう。

この、漂う「昼飯も食べずに頑張って仕事してるヤツこそ評価されるんだ! だからお前もそうしろ! な!」感……。無理。

若い人に家賃や仕事の話をすると、結構な割合で「そんなのフツーじゃね?」と言われますが、断じてフツーじゃありません! 東京がおかしいんです!

東京では、「頑張る」のと「無理をする」のが同義語になっている、と感じます。

なんなら、過労で倒れるぐらい働かないと認めねーぞ、みたいな空気、みなさんの職場に

154

全然美しくありません。
わけわからん……。

ているみたいになっ忙しすぎて倒れたとかいうのが、美談みたいになっもありませんか？

当時働いていたコンビニの店長なんて、家から片道2時間かけて毎日通勤している、と自慢げにアピールしていました。
おかげで寝不足になってホームで居眠りしてたら線路に落ちたよアハハハとかいう全然笑えない話を嬉しそうにされたときはさすがに困りました。
私の経験上、こういう、やる気だけはまんまんの人に、「え、近場に住めばいいじゃん」とか口が裂けても言ってはいけません。
やる気トークに水を差すとキレて怖いことになるからです。
彼にとってはこれも美談の一部なんだろうな～と表面的笑顔で乗り切りましたが、ほんとにやる気まんまんの人に付き合うのって疲れます……。
私にはこの、やる気があるヤツがエライ、みたいな、暑苦しいやる気至上主義がよくわか

りません。同じやる気でも、実にならないやる気なら出すだけムダじゃん、とか思うんですけど……。

それにしても、働いても働いても、生活するだけでどんどん吸い取られていく……。私の大事なカネが！　時間が！　何も贅沢したいってわけじゃないのに、こんなに頑張る必要あるのかしら？

と思い続けながら1年半ほど経過した頃、なんとはなしにネットで不動産情報を見ていたら、都内でも郊外の多摩地区だと、ぐっと家賃が安いことが発覚。私は初めから、都心に憧れがあったわけではないし、仕事だってなんでも、どこでもいいし。

家賃が安いなら安いに越したことないじゃないか。

こんな生活、やーめた。あほらし。

ということで、さっさと仕事を辞め、シェアハウスも引き払い、多摩地区に引っ越してし

まいました。

そしたら、一気に家賃は2万8000円にガタ落ち。

にまんはっせんえんて！

杉並区に住んでいたときの、なんと半額以下になってしまいました。これが同じ東京だとは、にわかには信じがたいです。

家賃のためにあくせく働いていたあの時期は、なんだったのでしょう。

新卒の若者が、毎日12時間以上働いて、土曜日も休日出勤で駆り出され、日曜はどこにも行かずに死んだように眠っている、という話を、今でもときどき本人や家族から聞いたりしますが、断じて言い続けます。

それは、フツーじゃありません！

隠居を決意させたもの

これは、今振り返ると、ということなのですが、ここで、私を隠居へ向かわせたと思しき事件のことをお話ししたいと思います。

杉並区に住んでいたとき、コンビニとかけもちで、大きな駅ビル内の本屋さんで働いていたことがありました。

この本屋が、目が回るほど忙しかった。誰だ、本屋がヒマって言ったのは！私は夕方勤務だったのですが、この時間帯は帰宅途中の学生や会社員でごった返し、毎日レジから隣のお店まで長蛇の列ができました。

そりゃもう、一時もレジから離れることができないくらいの忙しさです。

ところが本というのは、食品や雑貨みたいに勝手に値段を変えられないので、頑張って売っても家賃が高ければ利益はあまり上がりません。

社員の人たちは、残業はもちろんのこと、休日もわざわざ出勤してきて仕事をしたり、本

当に必死で働いていましたが、高すぎる家賃のしわ寄せは現場の人たちにのしかかります。社員の機嫌は悪くなり、職場の雰囲気もピリピリしていきました。アルバイトたちは重箱の隅をつつくようなことで呼び出されて理不尽に叱られることが続き、次々と辞めていきました。

一番ひどいときは、通常7人で回していたレジに私を含め3人しかいない、という事態に。レジからはますます離れられません。

そんなあるとき、お客様に本の配送を頼まれました。

この職場では、夕勤の場合、忙しすぎてレジから離れられず、しかもアルバイトは契約で定められた就業時間を超えて残業はできないことになっていたので、いつもどおりメモを添えて次の日のスタッフにお願いして私は帰宅しました。

翌日出勤すると、社員のTさんに呼び出されました。

「これ、尋常じゃない感じなんだけど、どういうことか説明してくれる?」

Tさんが見せてくれた紙は、私が昨日配送の本につけたメモでした。

その上から、昨日出勤していた社員Sさんの直筆で、塗りつぶすように真っ赤なマジックで殴り書きがしてありました。

こんなことは一言も聞いていないし許していないし絶対に許さない字面からあふれんばかりの憤怒がにじみ出ています。
一瞬、血文字で呪詛の言葉でも書かれたのかとびびりました。
が、よく考えたらそんなに言われるほどのことは何もしていません。
私は昨日あったことだけをTさんに説明し、Tさんは「え、それだけ？」と拍子抜けしていました。
いや、書店員さんってほんとに大変なんです。
そりゃもう、めちゃくちゃ働いてるんです。
でも、ここにいたらやっぱりSさんのようにおかしくなってしまう。
私はここにいてはいけない、と思いました。
こんなふうになってしまう前に、この職場を、こんなになるまで働かなくてはならない社会を、こちらから捨ててしまわなくては。
当時はそこまで言語化してはいなかったにしても、あの小さな事件がたしかに私の中にしこりとなって残りました。
それでも仕事だし、としばらくは続けていたのですが、やがてアルバイトの日になるとじ

んましんが出るようになり、やはり最終的には辞めてしまいましたが……。

それにしたって、こんなに働いても余裕が全然ないのは誰のせいなのか。そんなに多くのものを求めているわけでもないのに、こんなにつらいのはなぜなのか。職場は、この漠然とした社会は、私たちを守るどころか、時間を、お金を、余裕を奪っていくだけじゃないか。

そんなもんのために一生懸命働く必要がどこにあるのでしょう。

わけわからん。

そうして私は、だんだんと社会からフェードアウトし、隠居に至ったのです。

晴れて20代で隠居になりました

私の新しい部屋、愛すべきサンクチュアリは、駅から徒歩20分以上の陸の孤島です。文明にやんわり見放されており、最寄りにコンビニはありません。

住んでみるとこの不便さがまた、かわいいじゃありませんか。

携帯は、シェアハウスでは仕方なく持っていましたが、新しく引っ越した隠居先では固定電話とネット回線を引いたので速やかに解約。

だいたい、通話料が1分で40円なんて高すぎます。

連絡はPCメールと固定電話、あとはハガキや封書でもOK。

いつでもどこでも呼び出されないということは、やっぱり精神衛生上よろしいものである、と再確認しました。

仕事は基本的に週に2日入れるだけで、現在月収は10万円以下ですが、毎日フツーに楽しく暮らせています。

ふと、駅前で視覚障がい者の方を見かけて、近くのスーパーまで連れて行ってあげたり、ぎっくり腰の友人から電話があって、すぐに食材を買って駆けつけ、3食分ぐらいパパッと作ってあげたり、知り合いの外国人のために部屋探しを何日も手伝ったりすることが自然にできると、そんな余裕がある自分に驚きます。

杉並区で働きまくっていたときは、自分が生きていくのに精一杯で、困っている人なんて

どうでもよかったし、完全に無視していましたから。

この生活にたどり着くまでに、上京してから足掛け3年ほどかかりました。石の上にも3年という言葉がありますが、やっぱり社会のすみっこにも3年くらいひきこもってみないと、わからないことってあるんですね。

シェアハウスで知り合った友人のうち、何人かとは今でも親しく付き合っており、これは私の大切な財産になっていますし。

でもね、でもですね、あの上京したての頃の、ただ働いているだけで過ぎていったような殺伐とした日々は、やっぱり肯定する気にはなれません。

最近、真面目な人ほどポジティブ・ブームというか、過去のいやなことも、「あれがあったから今の私がある」などといって受け入れようとしますが、つらかった思い出を無理やり肯定しなくてもいいんじゃないでしょうか。

そんな苦行をしていたら、具合が悪くなりそうです。

それに、「嫌いな人でも、いいところに目を向けて、認めよう」みたいな考え方って、しんどいと思うなぁ。

私だったら、嫌いな人を好きになる努力をしてる暇があったら、それはとりあえず置いと

いて、すぐそばにいる好きな人を、もっと好きになりたいけどなぁ。
だからもし、私が上京したときに、東京には郊外というエリアがあって、そこでは都心と比べて家賃がぐっと安いということを知っていたら、間違いなく、まっすぐ多摩地区に向かうでしょう。
やっぱり、つらい思いはせず、毎日楽しく暮らせるなら、そんなにいいことはないと思います。

さて、隠居生活に至るまでをざっと振り返ってみました。
まさか上京して隠居することになるとは夢想だにしなかったことだと、書いていてつくづく思いました。
目的を持たないと、思ってもみなかった方向へ事態が転がり始めます。
それをおもしろがっているうちに、あれよあれよとここまで来てしまった、という感じがします。
ていうか、喜び勇んで上京した結果が隠居って一体……。
まいっか。とりあえず。

隠居あれこれ

いつも同じ店しか行かない
ので、棚替で商品の
場所が変わっていると、

パスタ　あれ？　ない??

あたふた　ど…

パニくる。

ここでは、最近の隠居生活のこと、現代社会を遠目に眺めていて感じたこと、若輩者がこんなこと言うと口幅ったいんだけれど、もしかして……と思っていること、などを書いてみます。

何でお金がないと生きていけないの？

生活のよしなしごとをいろいろ書いてきましたが、「なんてお金のかからない男なの！この人、お金必要ないんじゃないかしら？」と思われる方がいるかもしれません。
たしかにあんまりなくても生きていけてはいますが、正直、お金は要ります。
はっきり言って凡人なので、お金に執着あります。
そこに１００円落ちてたら、目にも止まらぬ速さで絶対拾うもの。
とはいえ、経済活動から片足抜け出ちゃったような今の生活をしていると、思うところもしばしばあるわけです。
そこで、隠居生活をしていて気がついた、私とお金の付き合い方とその周辺について、まずは綴ってみたいと思います。

そもそも、お金って何？
どうしてお金がないと生きていけないのでしょうか？

隠居を始めてから、ひとりで過ごす時間が増えた私は、世の中にマネー本というジャンルの本があると知り、答えを求めて図書館で片っ端から読んでみました。
なんとまあ、世の中にはこんなにお金の本が出回っているのか、と思うほどたくさんの種類があります。
ちょっと図書館のパソコンで検索してみると、
『お金を引き寄せる55の方法』
『セレブだけが知っているお金の増やし方』
『3年で10億円稼ぐ方法』
『お金を働かせて幸せになる』
などといったタイトルの本がやたらと多く目につきます。
帯のコメントを見ても、
『世の中の問題の8割はお金で解決できる！』

『お金を手っ取り早く稼いで自由を手に入れる!』
『借金で破産寸前の著者が、いかにして経済的ストレスのない生活を手に入れたか!』
などなど……。お金、礼賛しまくりです。

でもさ。

この人たちの言う「自由」って、マネー資本主義社会の中だけの自由じゃん。
お金がないと自由になれないなんて、超不自由!

私がずっと知りたかったのは、お金がなくても自由になれる方法でした。
だって、生活が苦しい理由ってそれぞれたくさんあると思うけど、突き詰めると、必ず「お金がないから」っていうのに突き当たりますよね。
「じゃあもっと働けば」って言いたくなるのはわかりますけど、私以外はみんな、もう働きすぎるくらい働いています。
それでもお金が足りないってことなんじゃないでしょうか。
だから、そろそろ、お金以外のアプローチで、いろいろ苦しいのを解決してみるっていう

168

隠居あれこれ

のはどうでしょう。とか思ったりして。

隠居するということは、この、「お金をかけなくても生きてはいけるようにする方法」を模索する旅でもありました。

ホームレスに会いに行ってみた

お金をかけなくても生きている人たちといえば、ホームレスです。
そこで、友人に聞き込みをしたところ、世田谷区のとある駅前に、夜遅くなると必ずホームレスがたむろしているとの情報をゲットし、行ってみることにしました。
ホームレスとて手ぶらで行っては失礼かと思い、最寄り駅のスーパーで半額になった惣菜パンだけを献上品にと求めました。
いいんです、こういうのは気持ちですからね。
さて、件（くだん）の駅前の大通りには、焼き芋屋さんのトラックなどがのれんを掲げて、春の初めのうすら寒い夜をあたためています。

広場の端っこに、いましたよ、50格好のおじさんが。ちょっと怖い。

近寄って「こんばんは」と言ってみると、逃げはしないが決して目を合わせず、背中から警戒心がほとばしっています。

ここでいきなり、お金どうしてんの? と聞く勇気はないので、こんなときのために買っておいた半額パンの入った袋を見せました。

「おじさんパン食べます?」

「……」

「僕ねー、スーパーでバイトしてるんですけど、廃棄になってもったいないから、食べませんか」

こういうときに、わざわざ買ってきたとか正直に言えないのって、なんでしょうねぇ。

おじさんは、ちょっと見せて、と言って袋を受け取りました。

そして中身を確認して、

「うーん、これはいいや」

とのたまいました。

「え、いらないんですか?」

170

「うん、そこの焼き芋屋のおじさんに売れ残った芋もらって、お腹いっぱいだから。安納芋。種子島の。これがねっとりしてて甘くておいしいんだよ」
「じゃあパン、明日の朝食べればいいじゃないですか」
「パンはね～、天然酵母のパン屋さんの女の子が廃棄のやつ持ってきてくれるからね～。しかも国産の有機小麦でね、小麦の味がしっかりするんだよ」
「はぁ、やっぱり国産有機小麦の天然酵母のほうがねぇ、おいしいですもんね…」
「うん、そう」
「ですよね…」
「……」
「……」

無言のうちに数分が過ぎました。いや、ほんの数秒だったかもしれません。だいたい私は知らない人と話すのが苦手なのに、一体何しに来たんだか、いまいちわからなくなっていました。そのときふと、かばんの中にタバコが入ってることを思い出しました。
私は手持ち無沙汰になると、タバコを吸ってごまかすというクセがあります。
「おじさん、タバコとか吸います？」
「吸う」

一服していると、タバコの煙が夜道に溶けていくように、おじさんの警戒心もほぐれていったような気がしました。でも今思うと、気がしただけだったかもしれません。でもそのへんでやっと、ホームレスがお金をかけずにどうやって暮らしてるのか知りたったんだと思い出し、ちょっと聞いてみました。

「おじさん、仕事とか何してるんですか？」
「してないよ」
「じゃあ、着るものとかどうしてるんですか？」
「拾うよ」
「どこで？」
「人の家だよ、衣類ゴミの日に」
「……」
「……」
「ありがとう」
「あ、どうぞ……あ、ライターも」
「吸うよ」
「え？」

172

「はぁ〜、なるほど……」
「ていうか、おじさんの上着にね、左胸にノースフェイスってロゴがついてますけど……。」
「あのー、そのジャケットって、けっこう高級なアウトドアブランドですよね？」
「そうなの？　拾ったんだよ」
「え、じゃあ住むとこは？」
「このへん」
「はぁ……すごいですね」
「……」
「いや、えーと、すいません」
「何が？」
「……」
「……」
「うーむ、参ったなこりゃ。
私はほんのりいたたまれなくなって、別れの言葉も告げずにそそくさと広場を後にしてしまいました。
あんまり会話もはずまず、生態もいまいちわからず、ただあのホームレスは働いていない

のに私より高級なブランド服を身につけ、私より高価でいい物を食べていてグルメである、ということだけがわかった春の夜でした。

私や国産の有機小麦のパンでさえ食べたことないというのに、あまつさえノースフェイスのジャケットなんて、袖を通したこともありませんよ。さぞ機能的で暖かいんだろうな。

それにしても、人ってこんなに働かなくても、もらうだけで生きていけるのか……。

たしかにハタチ過ぎたら人生引き算って言いましたけど、こんなに全部引き算して生きていく人生もあるのですね。

しかものんびりしていて、不自由もしてないし、なんなら幸せそうに見えなくもない。

でも、春はまだいいとしても真冬にダンボールハウスとかで暮らすなんて、相当厳しそうです。

これはほんとに人それぞれ、何を幸せとするか基準が違うのであれですが、やっぱり自分だけの小さな城を持つのも、いいものです。

雨風しのげることくらい、欲してもバチはあたらんと思うし。

やろうと思えばホームレスにもなれるかもしれませんが、私はやっぱり、衣食住は最低限揃えたいです。

そしてたまには友達とおしゃれなレストランとかにも行きたいし、都会の享楽も捨てたく

174

ないので、そのためのお金を稼ぐのに、すみませんがちょっとだけ働いててもいいでしょうか……。

私にとって、贅沢は遠くの友人みたいなものなので。たまには旧交を温めたい。あ、ホームレスと隠居の違いはここにあるかもしれません。ホームレスが完全に世捨て人だとしたら、隠居はそこまで世を捨てられていない、世離れ人とでもいうべき存在。

都会のいろんな誘惑が、隠居以外の全部が、手に届く場所にありながら、それらと意識的に距離を置いて生活している。また、そういう生活をするために少しだけ働くのは厭わない。完全に捨てるのではなく、必要最低限に社会と関わっている、ここが隠居のポイントです。

生活レベルをぐんぐん落とす

全部は捨てられないんだから、お金がかかるのは仕方がないとしましょう。でも、私は馬車馬のように働くのは勘弁です。厳しい時代だって楽しく生きたい！

あきらめたくない！

ということで、「なるべくお金がなくても生きていける方法」にシフトチェンジし、さらに模索していきたいと思います。

ここでは、「隠居って、こんな感じ」で紹介しきれなかったものを中心に書いてみます。

住居

支出の大半を占めるのが家賃です。
しかも毎月払うものなので、ここを抑えられると非常に大きい。
私は多摩地区に引っ越したときにあっさり達成してしまいましたが、これは私の満足する水準が初めからかなり低かったからだ、といえます。

賃貸情報でも人気で家賃の高い物件は、共通点がありますよね。
都心で、駅近で、新築で、セキュリティガードが常駐で、高層タワーから見るパノラマビューは最高で、おしゃれな最新鋭デザイナーズマンションで、いつでも使えるパーティールーム完備で、レセプションには一流ホテルから派遣されてきたコンシェルジュがつねにいて

176

隠居あれこれ

快適なラグジュアリーライフをお手伝い……、みたいな。

安い物件を探すなら、この逆の条件に的を絞ればいいのです。

はい達成！

半径5キロ以内で現地調達！

でも会社が都心で……って、そもそも都心で仕事をしなくてもいい。

とバス・トイレ、ランドリーがあって、とりあえず身の回りのことが済めばOK。

やスーパーがなくてもいい。ボロアパートでいい。1階でいい。共同でもいいからキッチン

都心のタワーマンションじゃなくてもいい。駅から遠くても歩けばいい。最寄りにコンビニ

……と思っていたらついこの間、できちゃったんですよコンビニが。

私の家から徒歩5分のところに。

なんということでしょう。

不便だからこそそこんなに家賃が安いのに、コンビニなんかができて便利になったらアパートの資産価値が上がるかもしれない……。

由々しき問題です。
絶対行かん！
ところでこの間、酷暑の昼下がりに歩いていて、つい涼を求めてこのコンビニに入ってしまい、入るだけでは申し訳ないのでアイスなんかも買っちゃって、これが火照った体にとてもおいしかったです。
コンビニって便利〜。

さて、暇だったので先日、今のアパートに住み続けたとして100年間の家賃をものすごくざっくり計算してみました。
1ヶ月に2万8000円ですから、100年で3360万円。
更新料は抜いたにしても、向こう100年間の固定資産税は全部大家さん持ち、と考えると、よくわかりませんが買う必要はなさそうです。
家を買っても、5年で死んだら意味はないですし。
しかも、買ったところで管理費や修繕積立費は毎月発生します。
都内のワンルームマンションの管理費と修繕積立費を調べたら私の現在払っている家賃とそう変わらないものもありました。（驚）

隠居あれこれ

うまくすれば賃貸のほうがずっと安いです……。借りてるほうが気楽で、自由だしね。

逆に、1時間あたりの家賃も割り出してみました。

すると、私のアパートには、1時間あたり約39円もの家賃が発生していることがわかりました。

刻一刻と39円、払っているのです。

みなさんもどうぞやってみてください。

参考までに、1ヶ月が30日として計算してみましょう。

家賃が7万円の人は、100年で8400万円。1時間あたりに換算すると約97円。

家賃10万円の人は、100年住んだら1億2000万円。1時間ごとに約139円の家賃を払っていることになります。

そして家賃30万円という人は、100年で3億6000万円。1時間の家賃は約417円……。

いかがでしたか？

外に出たら家賃がもったいなくないですか？ということで、ますますひきこもりライフに拍車がかかっている今日この頃です。

冷暖房

便利だけど、なくても生きていける最たるものです。
あの人工的な風が好きではないし、体がだるくなるのが嫌だし、季節感がないし、何よりお金がかかるので、もともとあまり使いません。
夏は簾をかけて日除けを作ったり、窓を開けて換気扇をつけておくだけでも風が通ります。
あとは水でシャワーでも浴びれば涼しく過ごせます。
冬はとりあえず厚着して、体を温めるものを食べたり飲んだりします。
寝るときは湯たんぽを使います。
湯たんぽのコツは、つま先のほうに置くのではなく、股に挟むこと。これが存外、全身温まります。このとき、低温やけどに注意してください。さらに翌朝、湯たんぽのぬるま湯で顔を洗えば完璧。水道代もムダになりません。
腕立て伏せや腹筋などの筋トレも、瞬時に体温が上がるのでおすすめです。

ただ、私の場合は体が温まったらすぐに止めてしまうので、筋肉はあんまりついてませんが……。

もちろん無理はしません。

あれは2013年の夏でしたか、梅雨が早く明けたからか猛暑が長く続き、最低気温が30度という日がありましたね。

その日はさすがに暑すぎて眠れなかったので、冷房のお世話になりました。

あとは、これも大事なポイントだと思っているのですが、自分のスタイルを人に押しつけないこと。

部屋に友人が訪ねてきたら、あっさり冷暖房を使いますし、外出先でも「消せ」などとわがままは申しません。

携帯

キャリアの乗り換えキャッシュバック・キャンペーンとか、2個同時持ちが流行とかいろいろやってますが、携帯業界もそろそろ頭打ちみたいな印象を受けるのは私だけでしょうか。

そこで！　携帯を持たない選択もあるということをお伝えしたいです。ひきこもっていたときのように、必要ない場合もありますし、なくても生きてはいけることは私が実証済みです。

昔はみんな携帯なくても生きていました。あんまり便利すぎても人生が味気なくなりますし、契約内容が煩雑すぎるのも、非常に疲れます。

携帯を持っていなくて最近嬉しかったことは、誰かと待ち合わせをしたときに、ちゃんと約束通りの時間に行っただけなのに、人にものすごく喜ばれることです。今どき姿を現しただけで喜ばれる人間なんて、ハリウッドスターか携帯持ってないかどっちかですよ。

どうやら現代人は、待ち合わせのときや、何かあったときに連絡がつかないというのが不安なようです。昔は待ち人が来なかったら来なかったでとうとうにやったもんですけど。反対に、悲しかった点としては、携帯を持っていないというだけでアルバイトの面接を落とされるということでしょうか。

私は携帯不所持のかどで古本屋に雇ってもらえなかったことがあります。携帯差別で訴えたいです。

さて、私はこれを、「モバイル・フリー・ライフ」と名付けて周りの人たちに提唱していますが、今のところ全員にシカトされています。
まあでも、これも主義というほどのものではないので、私も必要になったら持つことがあるかもしれません。

保険

日本には国民皆保険がありますし、現在は高額医療保険制度なども充実しているし、私の場合は独り身なので今のところ死亡保険も必要ありません。
などなど、です。
人間の尊厳を失わない程度に生きていければOK、くらいにハードルを下げると、お金がどんどんかからなくなっていき、ぐっと楽になりました。

週2日だけ働けば、生活には困らない

さて、あんまりお金がかからないなら、それに伴ってがむしゃらに働かなくてもよくなります。

ほとんど毎日働いて20万円も稼がなくても、週2日くらい働いて7〜8万円もらえれば、とりあえず生きてはいけます。

私はというと、現在、重度の身体障がい者介護の仕事を週に2日だけ入れています。

介護の日は、電車通勤です。

日によって時間帯は違いますが、日勤の場合だと、9時に出勤して、朝イチで洗濯機を回し、着替えさせて、朝ごはんを作る＆介助。その後歯磨きとヒゲソリをして、用事や仕事があれば出かけます。

先日は病院に行ってきました。

この障がい者さんは脳性麻痺で体が動かせないうえにアトピーがあって、寝ていても車椅子に座っていてもどうしても背中やお尻に汗をかいてしまい、皮膚がかぶれてしまいます。

ですから夏などはとくに大変なのです。

生活保護なので病院は選べません。

役所が指定した病院のうち最寄りの皮膚科に、軟膏薬と飲み薬をもらいに行きます。帰りにスーパーに寄って夕食の材料を買って、障がい者さんの自宅に戻る。

このへんでもう終業時間の5時になってしまうので、次の介護者にバトンタッチします。障がい者の場合、食事でもトイレでも外出するにも健常者の3倍は時間がかかるので、8時間なんてあっという間に飛んでいきます。

融通が利かず、自分の思い通りに事が運ばないと、爆発することがあり、はっきり言って気難しいところもあります。

たとえば介護者だけがちょっと行ってくれば済む用事なども、大雨でも雪でも台風でも一緒に行きたがります。

だけど無理やり外出して怪我とかされても、そこまで責任は持てません。

なので今日は危ないから家にいてください、とか言うと、ものすごく怒ります。

これも、ベテラン介護者が中心となって、数年かけてなぜそうなのかを説明して、最近はだいぶ臨機応変に対応してもらえるようになりましたが……。

体が動かないのだから、ひとりにされると不安なのはしょうがないんですけどね。

こんなのは一事が万事。介護って人によってマニュアルも正解もないから、難しいところです。

この仕事は肉体的にも大変というのは本当です。

車椅子の人は運動量がどうしても少なくなるので、太る傾向にあります。それでなくても大変なのに。

私も自分より10キロ以上重い人を介護しているので、これを週に5日もやったら、冗談じゃなく腰が砕けます。週2日が限界……。

老人介護施設で働いている知り合いは、そこで働き始めてから老人のことが大嫌いになったと言ってました。

知り合いが話してくれたところによると、

「介護者や他の利用者さんの悪口と、自分の自慢話が延々続く」

「悪口を言わないときは、前の介護者を今までどんなふうにいじめ倒してきたか自慢している」

「街なかでも人前でも理不尽に怒鳴る」

「うんこするのをお風呂の時間までガマンして、お風呂の中でいつもしてしまい、介護者の

「お金を払ってもらってるお客様扱いだから、介護者は基本的にどんなに嫌なことでもNOと言ってはいけない」

「うつ病になったり、体調を崩して辞めていく介護者がとても多い」

などなど。

また、別の女性は、

「男性障がい者の介護をしたことがあるが、キスを迫られたので即日辞めた。あとから職場の人に話したら、自分が介護者に性的に迫った変態ということになっていた……」

と話していました。

そんな人ばかりではないはずですが、私は障がい者とか老人とか介護者とかいうより、実に人間っぽいエピソードだな～、と思います。

施設側が利用者を虐待して職員が逮捕されたというニュースも私は記憶していますから、どちらかが一方的に悪いという話ではありません。

誰がということではなく、人間は勝手を許したらどこまでも勝手になる可能性があることや、弱者だからって善人なわけではないことなど、なるべく色眼鏡が入らないように努めています。（たまに忘れそうになって怖い。）

仕事が倍になる」

現場の末端にいる者としては、最近の介護事情に思うところも少しはあります。

先日、平成27年度の予算が発表になったと、ラジオのニュースで聞きました。介護事業所に支払われる介護報酬が約3％引き下げになるそうで、ただでさえ介護者たちは労働に見合わない薄給で働いているのに、さらに給料が減らされる可能性がある、という内容でした。

あのー、介護って実際ほんとに重労働なんですけど、介護に対する社会の評価ってそんなもんなのか……と思うとやるせないです。

私はまだ独り身だから大丈夫としても、家族や子どもがいたり、親の世話が必要な状況だったら、給料が下がれば辞めざるを得ない人もたくさん出てくるでしょう。

そしてもっと人手不足になったら、私も辞めることになるかもしれません。

その他に気になるのは、障がい者とかの弱者が、社会的にいないことになっているような気がすることです。

見えないところに隔離して済ませてるみたいになってますが、ほんとうはこういうのって、地域コミュニティで取り組めたら一番いいのかな、と思うんですけど。あくまでできる範囲で。

たとえば小学生の登下校の時間になると、高齢者が街角に立って見守りをしていたりしますが、ああいう活動って素晴らしい。

隠居あれこれ

見守りだけじゃなくて、介護とか、保育とか、人手の足りないところにどんどん参加してくれたらいいのに……、と思います。

ところがきちんと雇うとなると税金や年金の問題があったり、かといって役所の許可が下りないと勝手に介護や保育はできないとか。

役所は何をするにも杓子定規だし、時間がかかりすぎるから、こういうときこそ地域や自治体で臨機応変に対応するのに任せてほしいです。

たとえば正規に雇ったり、労働の対価としてお金を払うのがダメなら、ボランティアという名目にして、その謝礼として、町の商店街だけで使える地域通貨みたいなものを発行すればいいと思うんですけど。

それなら税金もかからないし、いちいち役所の許可を取らなくてもいいですよね。

おまけに地域の経済もうまく回って、一石三鳥です。

人間は体の機能を使わないと生活不活発病といってどんどんボケる原因になりますから、老人のボケ防止も期待されます。もういいことずくめ。

地域がダメなら個人でも、やればできると思います。

私の両親がもし要介護になったら、家族の他にも個人的に近所の人とか友人を巻き込んで

189

協力してもらうように頑張ります。

介護といっても、難しく考えなくていいと思うのです。ベッドから車椅子への移動や、お風呂やトイレの世話など、基本的には家族や介護者にお任せすればいいですし。

たとえば、もし定年退職してヒマな夫婦とかが近所に住んでいたら、週に一度でも、夫婦でごはんを作りにきて、おしゃべりしながら一緒に食べてくれるだけで、家族にしてみたらどれだけ助かるか。

ただ、介護をするにしても、際限がわからない人もいますから、そこは周りの人がきちんとセーブしていかないといけません。

地域の元気な高齢者で、もしリタイアしてからやることがないという方は、無理のない程度に介護に来てくれたらすごく助かります!

そうしたら、自分が介護される側になったときに、介護する側の気持ちもわかりますし。

私は定年っていう考え方にも無理があると思います。

十把一絡げに65歳で定年といったって、健康状態も能力も希望も人それぞれですよね。

私だったら、今のペースで死ぬまで現役で働かせていただきたいです。

隠居あれこれ

ところで隠居に定年や再就職や天下りはあるのでしょうか。隠居は基本的に自己申告制ですからねぇ。ないんじゃないですかねぇ。

そんなわけで、私の場合は、毎日働くとしんどいし、かといってまったく働かず社会との関わりがなくなるのも不安なので、週2日ぐらい働くのがちょうどいいみたいです。自分が快適に過ごすための必要最低限のお金も稼げるし、働いたという満足感が一服の精神安定剤にもなりますから。

というようなことを、たまに考えたりします。

隠居とフリーターは何が違うのか

はい。
隠居とか言ってるけど、結局フリーターと同じじゃないか、という、あなたの心の声を、私は今しっかりとキャッチしましたよ。

たしかに双方とも気まぐれに働いていますし、ワークスタイルは同じに見えるかもしれません。

でも、隠居とフリーターは似て非なるものです。

違いは一体どこにあるのでしょうか。

フリーターにもいろいろいると思いますが、今パッと思いつくフリーターのみなさんは、たとえば……

① 今だけフリーター

このご時世、事業整理でリストラの憂き目にあったり、産休を取ったはいいが再就職が難しい、など止むにやまれぬ理由で、一時的にやってるだけ、というフリーターのみなさん（パート含む）。

これに対して、正しくは隠居とは職業ではなく生き方みたいなもんなので、一時的になる・ならないというものではありません。

隠居は、置かれた場所で咲いているだけです。

②夢いっぱいフリーター

会社員になると、自分の時間がとれないから、アルバイトをしつつ夢に向かって国家資格の勉強や、バンドの練習に励んでいる！
とか、
会社員になると、自由に辞められないから、お金が貯まったらすぐに世界放浪の旅に出発できるように、かけもちでアルバイトをしている！
とかいうフリーターのみなさん。
ひと昔前の私が、これに当てはまるでしょう。
これに対して、隠居に夢や目標はありません。
強いて言えば、ひきこもりの項でも書いたように、「現状維持」でしょうか。
他人がどう思うかはさておき、自分が幸せと思えることが大事なのです。
向上心や成長などのやる気ワードが過剰評価される昨今ですが、現状維持だって大事な選択だと隠居は考えます。

③夢やぶれてフリーター

一流企業の就職に失敗して、一流大学への進学に失敗して、夢も希望も生きる意味もなくフリーターをしている、という方。

進学問題で自殺する若者がいるという話も聞きますので、本人にとっては重大問題です。これに対して、隠居は何か大きなことに失敗するということはありません。

なぜなら初めから人生に過度な期待をかけていないからです。

人目も気にすることなく、自分の足元を見ながら淡々と身の丈に合った幸せに満足して毎日を過ごしています。

ちょっと思うんですけど、一流企業じゃなくても、アルバイトだって仕事ですし、一流大学じゃなくても、専門学校だって学校ですよね。

頑張っていない隠居がこんなこと言うのもナンですが、夢とか目標の設定範囲を自分でわざわざ狭くしなくてもいいと思いますけど……。周囲の説得やプレッシャーなどをかいくぐるのも大変かもしれませんが、できるならそういったものからいったん離れて、ひとりで世界一周してみると、物事が俯瞰で見られるようになるかもしれません。

ただし、行くなら自分で働いて稼いだお金で、単独で行くことをおすすめします。

隠居あれこれ

他には、どんなフリーターがいるのでしょうか。定義に迷ったら広辞苑大先生に聞いてみよう！ということで引いてみると、フリーターとは以下のように定義されています。

（フリー・アルバイターの略）定職に就かず、アルバイトなどを続けることで生計を立てる人。

これは定職というのが会社員という意味であれば、私もしっかり当てはまります。

しかし隠居に至るにはもう一段階、精神的なふるいにかける必要があります。

思うに隠居というのは、意識的に社会との懸け橋を最低限に抑えて生きていくことを心がけている人のこと、ではないでしょうか。

世のしがらみを自ずから断ち切り、自分の世界へとひきこもること。

つまり、過剰に建設された世間との懸け橋を封鎖しつつ、自分との懸け橋を建設するわけです。

破壊ではなく封鎖、というところがミソです。

また必要になったら、いつでも人里に下りられる状態にしておくこと。出家したお坊さんじゃないんですから。

このいい加減さ。

これが隠居の心得です。

ですから、ただ漫然とアルバイトしているだけの人や、ただ定年を過ぎちゃってそのまま生きている人には当てはまらないと思います。

ある程度、自分に対する覚悟を要する、ということは言えるかもしれません。

私は好き勝手に生きている分だけ、会社員の方と比べれば全然お金はありませんが、それは自分で納得していますから、甘受します。

何を良しとするかはそれぞれですから、私は今のような生活でもとてもありがたいと思っています。

さしあたってはこの快適な週休5日生活を、死守していく所存です。

虎の子貯金は必要です

とはいえ、人生、何が起こるかわかったものじゃありません。突然病気や事故に遭うかもしれないし……、不要な想像力は働かない質なので、それ以外今パッと思いつかないのですが、とにかく備えはあったほうがいいに決まっています。
「明日のことは思い煩うな」と、昔偉い人が言ったそうですが、これ、自分だけに都合のいいように解釈したら大変なことになっちゃいます。
生活するっていうことは自分ひとりだけのことじゃないし、社会的な営みですので……。
自活能力がないと人に頼ったり、迷惑をかけることになってしまいます。
なんとか頑張ったけど結果的にそうなっちゃったならしょうがないとしても、私としてはなるべく避けたいことです。
だいたい今の生活費から割り出して、仕事が完全になくなっても半年くらい暮らせる貯金があれば、とりあえず無駄に心配しなくてもいいんじゃないでしょうか。
これも、支出が少ないほど容易に貯めることができますから、生活するのにお金がかからなければ、そんなにいいことはありません。

ある程度の貯金があってこそ、隠居も屈託なく楽しめるってもんです。基本的には明日死んでもいいように生きるけど、死ななかったときのためにもしっかり蓄えておきたいところ。

これからも、この理想は捨てないように隠居生活を楽しみたいと思います。

では、将来の不安とどう向き合うか。

向き合いません。

これは、やるべきこともやらないという意味ではなく、必要以上に心配してもしょうがない、ということです。

だって未来予測で必ず当たるのは「いつかみんな死ぬ」ということだけですから。心配したら終わらないし、キリがない。

だから、少しずつでもいいから貯金して、今の時点でできることだけやったら、あとはなるようになる！ と割り切る。

そういう選択肢もあるのだと、隠居生活のなかで知りました。景気のことなんて心配しても、個人でなんとかできる範囲を超えているのですから、責任を感じて背負わなくても大丈夫です。

198

隠居はタカらない

私は病院にはほとんど行きません。

普段から病気にかからないように手間やお金をかけて、気をつけるようにしています。

体調を崩しても、風邪や頭痛くらいなら、民間療法を実践して自力で治します。

ヨモギの足湯に浸かったり、はちみつしょうがを飲んで、汗を出したり、早めに寝たり。

ラベンダーのエッセンシャルオイルなんかも、殺菌、鎮痛、神経をリラックスさせるなど、万能薬として活躍してくれますし。

自分でできることって結構あるんです。

このとき、最近話題の、とかではなく、昔ながらの民間療法を選ぶとよいと思います。

昔からずっと伝わっているにはそれなりの理由があるものです。先人たちによって長い時間をかけて選ばれ、淘汰されてきたということですから、これはある程度の信頼がおけます。

もちろん、こりゃダメだ、自分じゃ治せない、というときには迷わず病院に行きますけども、ここ数年はおかげさまで医者の世話にはなってません。

なぜ原則として病院に行かないかというと、病院や医者や薬が嫌いということもあります

が、医療費の7割が税金で負担されるのが申し訳ないからです。
自分で治せるものなら、わざわざみんなのお金を使うことはありません。
それに人間には自然治癒力というのが備わっていますから、ある程度は自分で治すという選択肢もありますよね。
そしたら、医者が忙しすぎて救急患者受け入れ拒否、みたいな事例も少しは減るんじゃないでしょうか。
あ、でも先日、市がやっている無料の成人歯科検診は利用させていただきました。
虫歯は自力じゃ治せませんので、こういうのはとてもありがたいです。

次世代型の隠居

そういうわけで、私はてきとうに仕事をしているし、人里離れた山の中で暮らしているわけでもありません。
既存のイメージで隠居とひとくくりにするのは、少し無理があるような気もします。

そこで、「21世紀版都市型隠居」と呼んでみるのはどうでしょうか。
以下、その条件を箇条書きにしてみます。

- 郊外の小さな安アパートを借り、
- 週に2日だけ働き、
- 人に迷惑をかけず、
- 友人は厳選した人が少しおり、
- 携帯は持たず、
- テレビも持たず、
- 社交をせず、
- たまには都会に出ていって贅沢もするが、
- 基本的に欲はなく、
- こだわらない。
- ただひとつだけ、現代社会と距離を置くことに、貪欲にこだわる。
- そして自分の生活をこよなく愛し、楽しんでいる。

こんな感じです。ザ・人畜無害！

寝るも起きるも、遊ぶのも働くのも、全部の決定権が自分にある生活です。これほどおもしろいことはありません。逆に言えば、全部、自分で決めなければならない。やるべきことは何にも、誰からも与えられない。

これって究極の遊びですよね。天野祐吉さんがおっしゃっていたように、まさに隠居は遊ぶことのプロフェッショナル。

私はそういうとき、めちゃめちゃテンションが上がりますが、不安に感じる方もいるかもしれませんね。

ですから、隠居の適性があるとすれば、決まりきった型からはみ出すことが苦にならない人、他人からどう見られてもどうでもいいと思える人。こういう人は、隠居に向いていると言えましょう。

隠居のひとりごと

20年とちょっとで、わかることってけっこうあるもんです。

隠居あれこれ

何かが起こったとき、今すぐ判断しないこと。個人的なこととして受け取らないこと。

もっと大きな流れの中で物事をとらえること。

そうすると、景気とか失敗とか、目の前の出来事だけ見て一喜一憂することがぐっと減り、ずいぶんラクになりました。

私の場合で言えば、高校を卒業してから、周りに流されていろんな結果を急ぎすぎなくて、ほんとうによかった。

こりゃどうにも白黒つけられないな〜ってモタモタしまくっといてよかった。

だって、10年モタモタしてみたら、今すごく楽しく暮らせてますからね。

でも正直言って、あのとき蒔いた種が花開いたのか、果たしてこれで正解だったのか、私にはいまいちわかりません。

隠居の芽ぐらいは出たのかなぁ。

とにかく、今私が私について言えることは、隠居をしているということ、それだけです。

しかし、観阿弥が「人生には雄時と雌時がある」と言っています。

長い人生、追い風のようにやることなすこと成功する時（雄時）もあれば、何をやってもうまくいかない時（雌時）もある。

隠居とか言ってられない時もあるかもしれません。

だって無常の世ですからねぇ、ずっとこのまま、なんてことはないでしょう。

そのときは、やっぱり柔軟に変化して、乗り切っていくしかない、とさっそくあきらめムードいっぱいです。

どのみち人生を遊んでいるだけなので、その先にあるのもまた次の隠居、ということになるのでしょうか。

隠居とは深い森のようです。

今朝は7時に目覚め、まずはじめにしたことは二度寝でした。

結局9時起き……。

昨日、介護の仕事があって夜遅く帰ってきたので、人生にはこういう日もあります。

寝坊は隠居の特権ですが、濫用しないように気をつけたいところです。

最近の朝ごはんは、パスコの全粒粉入りトースト。

隠居あれこれ

パスコの食パンは乳化剤やイーストフードが入っていないし、他のメーカーと比べても添加物が少なめで気に入っています。
ただし、全体的に日本の食パンはどうも厚すぎて好きになれないので、なかでも一番薄い8枚切りで我慢していますが、もう少しお金があったら紀伊国屋に置いている、イギリスでよく売っている食パンみたいに薄いやつを買いたいです。
あれ、トーストするとカリカリになって、かじるときの音も含めてすごくおいしいんですよね。
なぜ最近食パンを朝ごはんにしているかというと、友人からいただいたオーガニックのココナッツオイルを、はちみつとまぜてトーストに塗ったら美味だったからです。
それに、トーストならかじりながら昨夜洗った食器を片付けられる、と発見したので。
飲み物は、りんご100％ジュースにしょうがのすりおろしとシナモンパウダーをかけてレンジでチン。
寒くなるとこれが定番です。
しかもラジオを聴きながら。
朝食、食器の片付け、そしてラジオ。一度にこの3つのことをできていると思うとデキル隠居の気分になって、実に爽快です。

あとがき

執筆にあたって、K&Bパブリッシャーズの皆様には大変お世話になりました。こうしてなんとか書き上げることができたのは、とくに河村季里さんのひとかたならぬご尽力と激励のおかげです。
私がどこの馬の骨かもわからない頃から、何かとおもしろがってくださった白川由紀さんには、ものを書く仕事へのきっかけを作っていただきました。
また、辛酸なめ子先生は、私の隠居生活を記事として取り上げ、拙著の推薦文まで快く引き受けてくださいました。
少しでも関わってくださった方を、本当は一人ひとり名前を挙げてお礼を申し上げたいのですが、ここにはちょっと、書ききれそうにありません。人付き合いの少ない隠居の分際で、そんなにたくさん感謝

したい方がいるというのも、考えてみたらずいぶん贅沢なことのように思えます。
最後になりましたが、この本を手に取ってくださったあなたへ。
読んでいるうちに、少しでも気がラクになったり、クスっとでも笑えたり、ムカッ腹を立てたりしていただけたなら、作者としてこんなに嬉しいことはありません。
この場をお借りして、皆様のご多幸をお祈りいたします。
ありがとうございました。

平成27年3月吉日

大原扁理

大原扁理 おおはら・へんり
愛知県生まれ。東京都在住。高校卒業後、3年間ひきこもり、海外一人旅を経て、現在隠居5年目。

20代で隠居
週休5日の快適生活

2015年 4月22日　初版第1刷発行
2020年12月15日　初版第4刷発行

著　者	大原扁理
発行者	河村季里
発行所	株式会社 K&Bパブリッシャーズ

〒101-0054　東京都千代田区神田錦町2-7 戸田ビル3F
電話03-3294-2771　FAX 03-3294-2772
E-Mail info@kb-p.co.jp
URL http://www.kb-p.co.jp

印刷・製本　　中央精版印刷 株式会社

落丁・乱丁本は送料負担でお取り替えいたします。
本書の無断複写・複製・転載を禁じます。
ISBN978-4-902800-28-9　C0095
©Henri Ohara 2015 Printed in Japan

K&B
PUBLISHERS